伊萬的踟躕
―― 卓璽的 11 篇小說

〔小說〕

卓璽 ―― 著

晨星出版

自序

我是離開的人，也將是返回的人

　　二〇一三年左右，一張酒桌上，一個尊敬的長輩聽聞我常在臉書上寫文章，就當面勸我：「為何寫這麼多了不拿去參賽？」也許在這般有力的驅使下，我在當年就參加了原住民族文學獎，並幸運地以〈哈勇來看我〉此篇獲得了小說首獎。之後，就一直寫，至今。

　　十年以來，我的創作方式大抵如此：有個主題，或者想法，我就將它們具化為一篇小說。換言之，小說於我僅是一種表達方式，一個載體。但說實在的，我並沒有值得驕人的道理或民族大義要講述，而且我厭惡如此，至少目前是這樣。我只想聲音不大地「說」點什麼，這就是我所謂的「小說」。

　　必須聲明的是，我所有的創作都是習作，對於如何寫，我仍在摸索，至今眼前還是一片黑暗。我最終的創作

目標是:為追求美學而努力;為不平的人生做吶喊;對庸俗不堪的深惡痛絕。我試圖描繪多種村裡人物形象,竟猛然發現概括性的語言力有未逮,是的,他們不能被概括,或許正因如此,才需要小說吧。

回到我的身分,我屬泰雅族群,本該為族群發聲,本該創作有族群特色的文字,但我似乎沒有。這部分正是我缺乏的,也是必須努力的。做為Walice,我沒有好好讀書,做了幾年代課教師後便以打零工來維持生計,所以我常感到生命的空虛和恍惚。做為卓壐,雖然在網上寫這麼多了,但自己是不敢回看的,碌碌半生,矯情地說,就是無言無行。阿根廷文豪波赫士有句詩寫:「我是黃昏時刻,那些迷惘的人」,可以說我長期就處於這種精神晃蕩的心境。

現在這本小說集呈現在讀者面前了,所謂十年磨一劍,我羞赧於說自己作品的優劣,這必須留給讀者,不容我來置喙。小說集有篇〈等待曙光〉,其中有段文字我是這麼寫的:「我走出三弟家,四周靜謐,什麼都看不見,農地、老屋、群山似乎都消失了,但它們仍真切地在那裡,只需等待一線曙光。我哪裡也不想去了,就想和親人

一起,和他們在土地上勞作、苦惱、歡笑……,終此一生。」我是個離開(部落)的人,有一天,也將是返回(部落)的人。我相信與我有著相同身分的同胞,應該也會有此感慨。就像鍾理和在〈原鄉〉裡寫:「原鄉人的血,必須流返原鄉,才會停止沸騰!」

最後,要誠摯感謝尊敬的作家瓦歷斯‧諾幹,若非他的屢次鼓舞、當頭棒喝以及牽成提攜,就不會有這本小說。此外,也致謝曾在一路上激勵我創作的兄弟友朋,爾等期待的爆破聲,總算可以驚天一響。

是為序。

導讀

從裂縫裡照見的光芒

　　一九七〇年五月三日，在委內瑞拉加拉加斯文化藝術中心，一位「身材消瘦、蓄著濃密的小鬍子、點著根菸」的加西亞·馬奎斯（Gabriel Garci`a Ma`rquez，一九二七～二〇一四）在三年前寫下《百年孤寂》之後，為他取得了在藝術中心的演講，他坐著說話，因為「如果我站著，恐怕會嚇得兩腿發軟，癱倒在地。」那天的講話要再過十二年他才會獲得諾貝爾文學獎的殊榮，馬奎斯當日恐怕也無法預知會有那麼一天吧，何況，眼前的南美文學巨人路易斯·波赫士（Jerge Luis Borges，一八九九～一九八六）還未得到諾貝爾文學獎呢！儘管羞怯地坐在椅子上說話，我想像馬奎斯內心的膽怯終究是讓文學的熱情一掃而光，他大著膽子說：「對我而言，文學創作就和登台演講一樣，都是被逼的。」為了要堵《觀察家報》文學副刊主編

的嘴（不是他不登，是年輕人不寫），青年馬奎斯逼迫自己寫了短篇小說。其後的幾年，出版了五本小說集，並明白了一個道理，「寫作恐怕是這世上唯一越做越難做的行當」，以至於《百年孤寂》足足想了十九年才得以下筆。

在南美洲世界一端的台灣，在經過殖民歷史三百年的台灣原住民族的書寫，特別是小說的書寫，直到一九七一年七月才由排灣族人谷灣・打鹿勒，以漢名陳英雄出版《域外夢痕》短篇小說集（台灣商務印書館出版）。他是台灣原住民作家中，最早以漢語寫作並集結出版小說的作者。陳英雄寫作的那個年代裡，台灣原住民的議題還沒有走到以原住民作為主體性的位置，但陳英雄從一開始就毫不閃避的將自己族群的經驗和觀點融進他的創作中，日後也許陳英雄也痛苦的體悟到小說的寫作一如馬奎斯所言，「恐怕是這世上唯一越做越難做的行當」，其後雖於二〇〇三年再版《域外夢痕》，書名更之為《旋風酋長──原住民的故事》（晨星出版），便無其他重要創作。台灣原住民族的小說寫作，還要再等到十六年後才會被台灣文壇看見。

布農人拓拔斯・塔瑪匹瑪（一九六〇～）的小說《最

後的獵人》（小說集，一九八七，晨星）、《情人與妓女》（小說集，一九九二，晨星），主要是短篇小說，是台灣原住民漢語文學中最早受到漢人社會廣泛注意的對象，獲有「吳濁流文學獎」（一九八六年）、「賴和文學獎」（一九九〇年）這兩個台灣文學界重要的獎項，文學評論家注意到拓拔斯作品中溫厚的人道精神，我認為拓拔斯是被這個台灣政經社會施加在台灣原住民族身體與精神的病症所逼迫而寫作，正如他作為一位文學作家，另一個身分是醫生，小說寫作是文字藝術的問診、把脈、處方。其後，再過上十幾年，才由泰雅人瓦歷斯‧諾幹接下棒子。

二〇一三年出版《城市殘酷》、二〇一四年出版《戰爭殘酷》，小說評論者才再次將眼光注意到原住民作家的小說藝術。二〇一四年出版的《瓦歷斯微小說》，更是將短篇小說的篇幅壓縮成三百五十字以內的「微小說」，作者自述著將小說壓縮在三百五十字以內，是「用來考驗文字的力量可以發揮到多大的效用，用以考掘類型文學的空間可以堅強到承受多少壓力，毋寧這是某種殘酷以極的自我鍛造與逼問——小說還能夠怎麼說話？」這是小說家對

小說藝術的自我逼迫。

　　二〇一三年，泰雅人卓瑿（陳宏志）以短篇小說〈Puniq Utux〉一文獲台灣原住民族文學獎小說首獎，寫的是在風雨夜中，一家人尋找夜歸的父親，小兒子尤命卻遇見Puniq Utux（鬼火）的故事，透過綿密而和緩的敘述，展現出一種簡單乾淨的風格，像是有個人在旁邊悠緩地說著故事。此時，我們還無法單憑一篇小說確認卓瑿的小說家身分，但〈Puniq Utux〉所展示的情感內斂、節制，文字簡潔乾淨，人物鮮活，人物的性格推動情節的特色，延續著他後來得獎或未得獎的小說。等到二〇二四年卓瑿交出《伊萬的踟躕──卓瑿的11篇小說》，我終於可以確認卓瑿是一位優秀的小說家，特別是精於藝術的短篇小說家。

　　我記得馬庫色（Herbert Marcuse）在《美學的面向》寫下：「美，當它對抗社會的醜惡時，它便會成為一種顛覆的力量。」〈村裡消息〉中的漢人女老師趙曉芬正是翻轉了大眾視部落醜惡習見的顛覆的力量，卓瑿卻以平鋪直敘、平淡無奇的筆法，不動聲色的「顛覆」一般大眾對部落生活的俗見，精準且有力的展示了小說的力量。

〈告別〉，是一篇看來極其平淡的自述，是對父親、對老劉，也是對自己的告別，恰恰是隱藏在自述裡的「告白」，才能夠看到隱匿在日常生活中的洶湧的情感，於是，告別的意旨才能是對自己無聊人生的揮別。

　　〈Puniq Utux〉，從一件孩子找爸爸回家的村中小事，一路不著痕跡的鋪排出生活、生命和文化交織匯流成的「puniq utux」（鬼火），最魔幻的鬼火傳說以細膩的寫實主義鋪敘為日常生活。小說可以怎樣說故事，〈Puniq Utux〉會告訴你。

　　一切起源於女孩想為她男友洗滌衣物而邀男友的弟弟夜行到溫泉池洗衣褲開始。這是〈小祕密〉的開端，而夜行出獵的男友一夥人返程想洗溫泉，意外逼得這男女共處溫泉室內，與戶外焦急想洗浴的獵人們，形成一內一外的拉鋸。正是作者設計的這個「意外」，讓整個故事成為「存在卻無法張揚」的小祕密。「意外」，正是說故事的方法之一。

　　讀過卓璽的一些短篇之後，油然而生的感覺是弱者、失敗者、小人物的幸福與苦情，看來就像是一枚錢幣的兩面，這些人物的精神自覺，從來就不是出於否定理性邏

輯,是那恍惚失魂、破碎的生活細節,在生命底層活動的普遍性與本質性的蠕動。〈伊萬的踟躕〉主人翁伊萬的生命情調正是失魂與破碎的總和。

〈夏日午後〉,由理財專員與客戶(中年單身原住民)激烈的語言攻防,精準地捕捉到弱勢者不安於命運的擺布,並在語言敘事的裂縫中偶而閃現溫暖的光芒,也可能會照進人們心底那些孤苦或沮喪或失落或迷茫的昏暗角落。

以上的小說,都是得獎的作品,《伊萬的踟躕——卓璽的11篇小說》另收錄一篇未得獎(或說是尚未得獎)的短篇小說,但我不認為稍遜得獎之作,你得細細閱讀,重構零碎又真切的細節片段,才能讀懂隱藏在冷靜敘事的豐沛情感,因為好的短篇小說是一門精煉的手工藝術。

一九七八年六月某一天,波赫士在離世的八年前面對南美洲文學,甚至是世界文學的趨向不無感慨地寫下一段話:「我們的文學在趨向混亂,在趨向自由體的散文。……我們的文學在趨向取消人物,取消情節,一切都變得含混不清。」緊接著,似乎有一道幽微的光芒讓波赫士重拾些許信心,「在我們這個混亂不堪的年代裡,還有

某些東西仍然保持著經典著作的美德。」波赫士指的是小說，小說這種文學體裁正是在一個雜亂無章的時代裡拯救了秩序。

我認為，所有的文學作品，特別是小說作為一門手工藝術，它所呈現最好的美德都是象徵性的，即便小說的基礎有一大部分來自於日常生活的經驗，卻在作家表述自己的思想、為表述其思想而採用的形式，無論是現實主義、浪漫主義，以至於魔幻現實之技術，均無損於小說展示的象徵——黑暗的過去與時間的深淵。

卓瑩的《伊萬的踟躕——卓瑩的11篇小說》，正是挖掘台灣原住民族族人尋常生活中那黑暗的過去與時間的深淵。現實，經常是匪夷所思，讓芸芸眾生的我們失去了想像力，好的小說，特別是手藝精湛的短篇小說，就是讓失去想像力的人們可以並願意相信真實的生活。讀過《伊萬的踟躕——卓瑩的11篇小說》之後，我可以不再有疑問地宣稱，他的短篇小說，拯救了日常生活的秩序。

瓦歷斯・諾幹　二〇二四.一〇.六

目次 伊萬的跫躇
——卓壟的 11 篇小說

002　**自序**　我是離開的人,也將是返回的人

006　**導讀**　從裂縫裡照見的光芒／瓦歷斯・諾幹

019

§ 卷一 §

哈勇來看我

(二〇一三年第四屆臺灣原住民族文學獎小說類第一名)

041

§ 卷二 §

村裡消息

(二〇一五年第六屆臺灣原住民族文學獎小說類第一名)

065

卷三

告別

（二〇一七年第八屆臺灣原住民文學獎小說類第二名）

091

卷四

Puniq Utux

（二〇二〇年臺灣文學獎原住民華語文學創作獎）

109

卷五

果園裡的撒韻

（二〇二一年第十二屆臺灣原住民族文學獎小說類佳作）

| 目次 | 伊萬的跕躎
——卓覃的 11 篇小說 |

125

§ 卷六 §

小祕密

（二〇二二年屏東文學獎短篇小說評審獎）

149

§ 卷七 §

伊萬的跕躎

（二〇二二年桃園鍾肇政文學獎短篇小說正獎）

173

§ 卷八 §

夏日午後

（二〇二二年打狗鳳邑文學獎小說首獎）

195

※ 卷九 ※

等待曙光
（二〇二三年桃園鍾肇政文學獎短篇小說評審獎）

207

※ 卷十 ※

最後的遺言
（二〇二四年第十五屆臺灣原住民族文學獎小說類佳作）

231

※ 卷十一 ※

嫁給漢人的撒韻

1 哈勇來看我

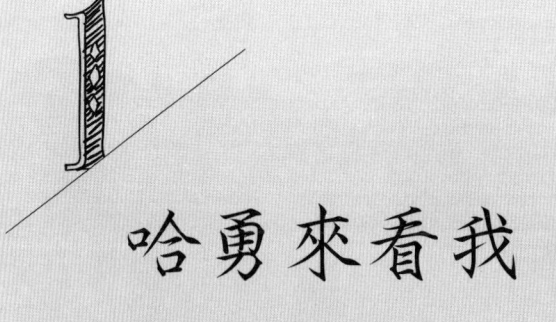

一

　　進入九月，秋天的氣息更濃厚了，這是沒辦法的事。秋天來到部落，農地草葉枯黃，一片頹敗，就是說，各種農忙要開始了。農地整理一番後（砍草、翻土等），再種上新農作，這一切作息，跟季節同步，循環不已，也是沒辦法的事。

　　他們一樣在凌晨爬起來，在雞鳴的時候，展開一天繁重的農活。天色未亮，顯得特別寧靜，露水依然凝重。夫妻剛起床，不願意說話，總感覺說話的力氣已在睡眠中失去，看起來十分憂愁。自古至今，部落的生活作息，大概如此，要深究原因，很難說個明白。

　　哈勇蹲在門口磨刀，霍霍地引起一陣嘈雜，當然，磨刀聲僅擴散於他家空地，空地上趴著那條黑狗鐵木，因而伸了個懶腰，尾巴像蛇一樣捲起，走向哈勇身邊。這個時候開始傳來幾聲狗叫，此起彼落，然而，鐵木並沒有隨之應和，牠只靜靜坐在主人旁，牠期待主人準備吃的給牠。確實，撒韻左手抓隻雞過來了，右手端著盛有隔夜飯菜混

著肉湯的碗公,後者就是鐵木的早飯。

「哈勇!把這隻雞殺了。」撒韻的聲音劃破寧靜,在別人還在貪睡的時刻,顯得格外清亮。她把雞甩在哈勇身邊的泥地,動作相當有力。這是隻母雞,考慮到牠的肥碩,砰地一響可想而知,雞落地後叫了幾聲,翅膀拍打著,騰起了些許塵埃。雞腳被細繩捆綁,動彈不得,一旁鐵木除了低頭吃飯,也用狗眼監視著,此雞就算掙扎,並無脫逃的機會,牠渾然不覺自己性命垂危。

哈勇沒說話,繼續磨刀,嘴裡含著水,邊磨邊噴,灰色磨刀石已呈弧狀,被磨的凹槽十分光滑,可見消磨有一些年日了。

「殺雞做什麼?」哈勇說話簡短,夾帶著怒氣。痰在其喉嚨上下滑動,非常頑固,卻始終無法吐出,或者說,痰不到火候,即便哈勇要一吐為快,也極為困難。這是他長年抽菸之故,一天兩包,撒韻每天都嘮叨,但顯然毫無警惕作用。所以一到早上,哈勇總會咳那麼幾聲,老是有咳不完的痰。終於,刀磨好了,哈勇用長繭的姆指在刀鋒輕擦著,並在下巴那麼刮一下,刀面上有些細微鬍渣,這說明刀磨得夠利了。這是把山刀,是哈勇的爺爺給他的,刀身散發濃厚的歷史氣味。想當年,他爺爺快死之前,躺在床上跟他說:「哈勇!我沒有什麼留給你,什麼都可以

丟掉，只有這把刀一定要擺身邊……。」說完這句，他爺爺就死了。

　　你大概知道了，哈勇的爺爺是我的曾祖父，哈勇是我爸，撒韻是我媽。我叫鐵木，跟那黑狗一樣的名字。那年我離開部落，要去都市所謂「社會上」闖一下，父親非常不捨，大概思念之故，或者希望我留在他身邊，暫且用狗替代了我。

　　父親殺完雞，也燒完了毛，手上鮮血沒有洗去，他只在地上抹一下。他面無表情，坐在板凳上抽菸，白煙嬝嬝像鬼魂在他頭頂上方，交錯，扭曲，繚繞。此時，天也亮了。「快來吃飯，我們還要去田裡除草！」母親在廚房喊，父親沒有即時回應。這就是他們每日生活的常態，沒有例外。父親一向沉默寡言，跟他說話，必須等他搞清楚談話的內容，他才適時開口，也就是說，找他聊天，要有耐性，否則真會以為他陰沉冷酷，不好相處。沒辦法，父親總是這個性。後來我逐漸明白實情並非如此，他只有國小畢業，學歷使他感到某種程度的自卑，所以在人面前總不擅言詞，謹慎發言。這也沒什麼不尋常的，哲學一點說法，「自卑是一種無能的體現」，好像說得也很像那麼回事。但，父親並非無能之人，在我看來，這只是鄉下人所具備的質樸個性，個性怎麼說呢？誰也說不清，沒有對

錯。他把菸吸短了,看見隔壁的瓦旦正要下田去了,問候了一下,把菸捻熄,就進屋裡去了。

餐桌上,父親夾起一塊他弟弟獵到的飛鼠,嚼出聲音說:「肉很嫩,我很久沒吃到山肉了。」一旁走動的母親,已經吃完飯,拿著抹布在瓦斯爐上擦拭,擦過之處,泛著銀光。母親愛乾淨,稍微一點汙垢塵埃,她看著全身不舒服,一定要動一動。我印象中,母親確實做起家事一點都不馬虎,近乎苛求。我姊我弟的衣物都是母親分類擺齊的,她時常念我們,要求我們自己整理,不過她仍然看不慣,抱怨我們「不會做家事」,最後還是由她承攬一切。這是她作為母親的宿命,古今中外,大概都如此。如果有機會你到我家來坐坐,你會發現地板上的每塊磁磚熠熠生輝,像一面鏡子。

「你兒子鐵木打電話來,聽口氣好像有事,電話裡沒講清楚,你去看他吧!」母親小聲地說,好像在說什麼祕密,怕別人聽見。這個時候父親也吃飽了,把碗筷放下,也不丟到洗碗槽裡。這也像平常的他,幾乎不做家事。身為所謂「戶長」,父親很清楚自己該做什麼事,不該做什麼。這可以理解為他是一個很傳統的人,即女人做的事就由女人,男人不該僭越身分去搶著做,反過來說,道理也一樣。所以,碗筷放在那裡等著母親去收拾、洗刷,在我

家是一件極自然的事，無須辯駁。「又吵架啦？」父親疑惑地問。母親沒正面回答，只唯唯諾諾。其實她很清楚鐵木的情況，即本人我，與老婆最近感情不和睦，大吵小吵不斷，有離婚之虞。這都在母親心裡擱著，看在眼裡，她不會讓父親知道得太多。父親是個嚴肅又顧家的人，一旦讓他知道這些事，會徒增其對我的責備。這是母親向來對我呵護有加的措施，我很感激她。

時值秋天，老家後面那棵柿子樹結滿了柿子，有些熟了，大部分還青黃不接，但總的來說，迎著陽光，果實紅彤彤的，由遠處看，蠻像一幅畫，你若想成電影裡什麼童年爬樹的幸福畫面，也是可以的。父親在一個午睡中醒來，赤腳爬上了樹，吩咐在樹下的母親接著。起先母親徒手接，她覺得麻煩，後來想到用身上的衣服兜起一個袋狀，父親朝下丟。的確，這樣有效率，不致使母親誤接而讓果實摔落地面。依此辦法，不到半小時，他們摘了一個麻袋那麼多。那些摘不到隱藏在枝葉其間，或是父親故意遺漏的，就留給鳥獸蟲蟻吧。大自然有其生命規律，動物亦然，牠們也要存活，也要延續下一代。

柿子實在太多，父親與母親當然吃不完。他們如果每餐都各吃一個，當飯後水果，大概可以吃到年底。柿子是這樣的，必須擺放一段時間，自然會熟，熟而變成軟捏捏

的,老人家愛吃。據說也可用鹽水泡過,又脆又甜,像蘋果那樣芬芳。多虧有了柿子樹,它默默地貢獻一切它該貢獻的,夏天遮起餘蔭供人乘涼,枝幹可供村裡孩童攀爬,到了秋天則更加努力長出這些果實,其功德實在不小於人類。

父親留著一些,一顆顆妥善放置,在他自製的竹籃裡,待其成熟。其他則分送親友,藉以增加鄰里間的感情,也是不錯。

二

父親從山上(即部落)扛來一袋柿子與一隻雞的時候(柿子半包,母雞疊其上,綑綁為一包,好搬運),我不在家。所以我晚上回到家時,被他嚇了一跳。他坐在我公寓門口的樓梯間,頭斜靠扶手,也許睡著,或者沒有,我沒聽到打呼聲。那時天已經暗下來,樓梯那盞燈也總是不亮,是父親聽見我開門的鑰匙聲,才咳嗽了一下。他沒喊

我，但發現我終於到家了，露出驚喜神色，我則感到驚訝。「爸，你怎麼來了？」這是我們多年未見的第一句話，多麼遺憾，父子間的感情竟如此單薄，頓時我感到幾分內疚。是啊，我是個不孝的兒子，兩三年才回老家一次。他依然如我印象中的沉默，不即時回應（前面提過），只是漫不經心地站起身，抓起身邊一大包白色袋子，袋子上面寫著「尿素」兩字。

他是下午四點多到的，我責問說：「怎麼來了不打一通電話，我手機號碼給過媽媽啊！」他摸出口袋裡的小紙條，很吃力地念過一遍我的號碼。「沒錯呀，怎不打呢？」他說打了，關機。這才讓我想到我那時正和朋友小聚，我的習慣是這樣的，飲酒作樂時厭惡別人打擾，所以手機索性丟在家裡，暫時避開打擾，享受小我的暢快。必須說明的是，我父親不用手機，甚至家用電話也很少打。他認為手機這種科技產品是一種奢侈，也是一種無形的羈絆，人反而不自由。當然，他在山上一天到晚與田地為伍，餵豬餵雞的，朋友也不多，手機對他這樣近乎顢頇的農人來說，確實不太需要。即使我們後來買了手機給他（擔心他在田裡出事），他仍不屑一顧，丟給了媽媽。「家裡有裝電話了，要手機幹什麼？我又不是大老闆，浪費錢。」這是他一貫的話，很固執，也很果斷。不過，進

入到繁華都市,他免不了必須在公用電話前打給我,所謂入境隨俗。很不幸,我關機了。

我按上電燈開關,客廳一下子明亮了起來,沙發、電視以及有輪廓的物體都鮮活了起來,如我對父親久違的形象。我眼睛暗示父親門邊有室內拖鞋,可以穿。他沒穿,也沒脫下那雙他很久才穿一次的皮鞋,站在門邊不知所措。「東西隨便放就好,等一下我處理!」他顯然沒有領會我說的話,拎著袋子一時不知要放哪。像這樣的東西,在山上是可以隨處放的,但,以他某種見解,他認為此刻應該放在廚房。他忘了我家廚房的位置,經我指示,他才順利走進去。我跟在他後面,因為我勢必要煮一壺水,泡杯熱茶給他喝,然後坐在客廳與他閒話家常。不錯,這確實是一幅溫馨且孝順的畫面,我應該這麼做。他從廚房出來後,我才進去,這不為什麼,而是我家廚房太窄小,以致於都要在客廳的桌子擺張舊報紙吃飯,當然,看鄉土劇或政治名嘴扯淡,那是一定的。實在說,這不合乎營養學。開水煮沸後,我找出隱藏在櫃子裡面的茶葉,泡了兩杯,父親一杯,我也一杯。平時我沒有喝茶的習慣,也不懂茶,都是朋友年節時候送的,偶爾想到或爛醉後(第二天宿醉),才熱呼呼喝上一大杯。的確,很有醒腦還魂的作用。「爸,你大概渴了,也餓了,你先喝茶,等一下我

們去吃飯,我也還沒吃。」我這麼說的時候,他點燃了一根菸,叉著二郎腿環視我這不大的客廳,像在尋找什麼。

　　我意識到父親需要菸灰缸,於是我又走進廚房找,我不太抽菸了,會抽的時候與上述的茶葉相同。我翻了廚房櫃子,找到了一個,我用自來水洗刷了一下,同時,隔著一面牆我問了父親:「為什麼不提早說要來?」他沒回答我的問題,我反而聽到一陣乒乓作響,他正替我打掃客廳,掃帚打翻了角落的瓶瓶罐罐。我趕緊走向前,說我會自己整理,他不予理會。我只好站著看他繼續收拾,還有,我忽然難過了起來。從父親側影看過去,他瘦了不少,背似乎也駝了,他那雙我記憶中力大無比的手臂,曾是我擺盪其間的「單槓」,他甚至可以在我擺盪時,手肘奮力向上托,像猩猩那樣,把我整個人抬起來。現在情景,不比從前了,我心裡這麼想著。我的父親,是何等人啊,他在山上做牛做馬,什麼苦沒吃過,什麼工作都難不倒他。唯有掃地擦抹這類家事,他幾乎不做,也就是說,他從不管女人該做的事。好在母親沒有持反對意見,換成現代人的思維,什麼女男平等的,凡事就得夫妻分擔,分工合作。有一年冬天,我尿濕了尿布,據母親說法,當時我還是襁褓中的嬰孩,她有事請父親暫時看顧。沒有想到父親怎麼樣也不替我換條乾淨尿布(當時是布料的),任

我在旁嘶喊嚎哭。當然，他永遠不會知道我那時是因尿濕而大哭的，他缺乏這根筋，沒有女人的敏銳。父親後來告訴我對那件事的看法，說他真不懂尿布，那是女人的事，他只希望媽媽快點回來處理。我還問過父親：「你一定沒有替我把屎把尿過？」父親理所當然地說：「從來沒有！」這讓我一度覺得父親不愛我，但後來也瞭解這不是真相，而是他根深柢固的偏見。他就是這樣有時讓人摸不著頭緒，現在卻千里迢迢來到我家替我打掃了。

父親大略掃過一遍後，確實比先前乾淨許多，這讓我腦海浮出了老婆打掃的身影，也理解了自己生活竟如此頹唐，自她離開後，居然也不曾打掃過。這是不是被父親的偏見影響（不做家事），我不知道。但父親這個突來舉動，著實觸動了我一些心事。「休息一下吧，爸！再喝一杯茶。」我口氣隱含著歉意，或者說感激，卻礙於表明。是的，我應該對著父親說聲謝謝的，但我沒說。

我把茶杯推向他，我們相對而坐。我突然發現自己很不適應這樣的狀況，我還沒準備要跟父親說什麼，一切都太突然。他又抽了根菸，白煙繚繞，順著天花板的方向去，腿照樣叉著，兩手肘平放在沙發扶手，一副悠閒的樣子。這讓我相對地緊張起來，話題真的無從說起，然後就是彼此沉默。他望向窗口，眼睛停滯在一朵雲上。我則在

尋找電視遙控器，需要一點聲音來打破僵局。總是這樣，在老家一起看電視也相差無幾，我們像兩個還沒學好手語的聾啞人士，同時又像瞎子一樣看不見對方，臉側向一方，像現在這樣沉默。

三

「你媽叫我來看你，說你有事，什麼事呢？」父親自進門後，終於開口說了句相對完整的句子，還是個問句。我知道母親已為我保留一些顏面，這從父親臉色可知，但他終究還是要問個明白。此時我該多說還是少說，全憑在我。我決定還是說了。「我跟佩珍暫時分居，我們有些想法不是很一致。」這時父親大略知曉事情走向，於是不再多說什麼。只說：「餓了，不是要去吃飯？」我恍然大悟，頓時感覺自己也很餓。「走吧，爸，附近有間熱炒店，那裡菜炒得不錯。」

這間店我常來，所以對裡面菜色瞭若指掌，也因為遠

近馳名,隱藏在巷子裡,內行人才會知道。當初我就是慕名而來,吃過一次後,令人印象深刻。我要說的是,這裡可以抽菸、喝酒,更特別的,是這裡的炒山肉。我注意到父親穿著一件新襯衫,鈕扣扣到最上面那顆,但仍然沒有掩飾掉裡面那件有點破爛的白色汗衫。他在山上,都是穿件汗衫就下田。由於店裡的大燈明亮輝煌,我看見父親頭髮有些斑白,臉上皺紋當然也免不了,這都是老的跡象,其實我的皺紋也開始蔓延了。「爸,你要吃什麼?盡量點啊!」父親看著菜單,看得很近,好像在研究什麼。他國小畢業,認識的字不多,當然也不少。我猜他有點老花眼了,所以遲遲沒有開口。但他的神情顯然很愉快,能夠吃這樣一頓豐盛的菜,在山上畢竟算是稀有。最後他點了一道山羌肉,並囑咐我希望多放點辣椒,其餘我點,我交代了老闆娘,還要了兩碗白飯。另外,我叫了一瓶高粱,我知道父親平常睡前有喝一小杯的習慣,至於我,定居都市以後,朋友邀約不斷,幾乎天天喝,但多為啤酒,現在叫了高粱分明是我附和父親的喜好,我希望此舉能使我們距離親近些。

大概是酒的關係,父親原本僵硬的表情軟化了許多,這從他解開最上面那顆鈕扣可以看得出來,他話也開始多了起來,臉上也有了笑容。我們談到媽媽、姊姊、弟弟和

部落的一些事，最後，也自然而然談到了我，我的工作、貸款以及家庭。「佩珍現在回娘家嗎？」父親嚴肅地問起這句，我簡直無法回答，或不想回答。說實話，我也不知道她目前在哪裡，我們已分開近一年，其間沒有聯繫，當然，她對我也沒有所謂的關心了。

　　接下來我要談一下我的老婆，佩珍。稱呼「老婆」，好像我們還很親密，其實不是，我們確實已經分開，往日不堪回首了。現在這麼稱呼，大概是一種念舊，或者思念，我也說不清，若叫「前妻」，也不為過。我們是在一次的大學同學會見面的，我的同學帶她來，在所謂氣氛歡快的酒局裡，開始了進一步認識。其中交往過程，有點複雜，我就不多說了。談戀愛無非就是初識，熟識，然後到必然的裸裎相見，再後來你知道的，順利的話，就在親友的祝福下，踏上所謂幸福的紅地毯，這其實沒什麼特別，和一般人無異。我要說的是，她是漢人，我們部落稱漢人叫「母幹」，這其中是否有什麼鄙視意味，我不清楚，但聽來確實不雅。我記得第一次帶她去部落，牽著她的手到處逛，經過每一個地方我都詳細述說還記得的童年往事。遇見部落熟人，她也學我用母語熱情地打聲招呼，其神情極為調皮，但不失尊重。後來我們逛累了，在返回老家的路上，在星光點綴下，我們緊擁相吻，然後一起指著夜空

就此私定終生,這很像電影的情節。那次,我感到納悶的是,源於某種傳統,她沒有和我睡,而是跟母親擠上一張床,母親執意如此,我也沒辦法。我猜那晚佩珍肯定很難睡,母親勢必會問及關於她的一些事,藉以探聽她的家庭背景。現在回憶這些,我仍然感到溫暖。

　　問題就出在結婚後,總是如此,人家說相愛容易相處難,這話確實有些可信度,但我始終認為沒有一對戀人或夫妻是不適合在一起的,關鍵在於彼此的信任、容忍以及體諒,這很重要。我們開始為生活爭吵,最後不值得吵的瑣碎,也一併加入。也就是說,我們之間有些看法究竟是不同的。最具體的是關於買房子這件事,她說要在都市買,我說我們可以回部落我老家住,既可以省下一筆錢,也順便盡孝道,何嘗不是好事。父親那間老房子,已講好要分給我,我是大兒子,這理所當然。「要住你自己去住,我不想先這樣!」她怒氣沖沖這樣說,表示其意志堅決。「這樣是哪樣?你不是喜歡部落生活嗎?回老家住是我最大的心願。」後來她姿態實在傲慢,沒有軟化的可能,我們意見紛歧從此開始,買房念頭暫且作罷。當然,我們的關係也就每況愈下,日漸惡劣。因為她職業的關係,是個小學老師,為了保持她教學順利,以及氣質,她只埋頭備課,她忙她的,我做我的,所以我們幾乎不交

談。我當時工作三天兩頭換，只是個小報記者，收入不穩定，我也沒臉向她要錢。後來失業在家，我每天幾乎買醉，有時醉醺醺時還找她理論，甚而爭吵，但她已對爭吵毫無興趣，她再也無法忍受我繼續這樣，直到她離去。她離開前丟了一句：「你這個酒鬼，死在外面好了，你們原住民都一樣！」至今我還不明白她說的「都一樣」是什麼意思。

我不得不再次向父親解釋，我與佩珍分居已久，就差離婚簽字。我們分開，是正常的，沒有出軌背叛等情事，我沒有感到懊悔及難過。我甚至替佩珍高興，她終於可以擺脫如她所說的「沒有用的男人」。父親對我的解釋不太接受，他和母親太喜歡佩珍了，即使佩珍從來也沒有為他們煮過一頓飯。對於他們這樣的態度，我相當理解，所以我的解釋就算過於武斷，但也不再過分強調。我很樂於聽父親言詞上對我的指責，我覺得這很美好，是父親對我的關切。我的生活正需要這些。

為了轉移父親對這個話題的投入，我又叫了一盤青菜，繼續把剩下半瓶的高粱再給他倒上一杯。「爸，山羌肉還不錯吧？」那盤山羌肉已被我們吃了一半。「算嫩，但沒有比山上的好吃。」我說叔叔上次寄給我的飛鼠我吃了，我一些朋友過來初嘗，對我的料理不但讚賞有加，也

驚訝居然有這樣的美食。「你還上山打獵嗎?」父親聽到「打獵」兩個字,眼睛稍微亮了起來,但看得出來,有些落寞。「我已經很久沒去打獵,老了,都是你叔叔打多了送我吃幾隻。」也確實,由於年邁,他不再上山,是考慮到自己體力漸衰,已非壯年那樣可以負荷一個禮拜在山裡面跑。要當個獵人,不是那麼簡單。但父親畢竟也曾是個獵人,他那把槍我看過,他在鍋子裡炒火藥的謹慎態度,我歷歷在目。

一頓飯吃下來,我與父親的交談很熱烈也相當節制,我們只喝一瓶,父親以「喝太多了」為理由,也就結束了這場父子的聚會,原本我還想追加一瓶。這出乎我的意料,我以為父親知道我的事後會痛斥我一番,相反的,我們居然如此投機,簡直就像多年未見的好兄弟。當然,這樣來之不易的機會轉瞬即逝,回到我住處後,我們便失去了交談的意願,也不知道為什麼。

我讓父親睡我的床,而我去另一間臥室睡,那間臥室本來沒有床,是佩珍執意要買,前面說過,這本是雞毛蒜皮的事,但我們仍然經過一番爭吵或討論,最後買了。她的理由是「房子只有一張床怪怪的」。這基於什麼玄奧的原因,我始終不解。當然,那張床就充當給客人來訪時的暫息之地,也算待客之道。現在父親躺在我的床,而我倒

變成客人了。這或許可以說明，我從來沒把父親當外人看待。

　　我在這張床失眠了，這樣說其實不對，我平常很晚睡，因為我不用上班，賦閒在家，我的生活開支是依靠僅存的積蓄，大概也快用完了。離開原本的工作是出自主動，我不希望自己的生命浪費在那裡，大好的時光與一些不相干的人反覆周旋，繼而衰老，死去，我覺得沒意思。我堅信自己有天能造就一番大事業，將來好光宗耀祖，給部落爭光。因此，我沒告訴父親，這件事對他和母親將會是一個打擊，我實在不願再讓他們擔心。與其說不讓父親的情緒受影響，不如說我覺得這沒什麼大不了，不值得小題大作，畢竟我是成年人了，好壞自己概括承受。

　　半夜我聽見父親幾聲嘆氣，或者咳嗽，我還聽見他輾轉反側的聲音，很顯然他不是很適應我那張床，他大概瞭解到置身的環境與自己在山上的生活不同，他很認命，他屬於山上。睡覺前我問了父親：「你帶那麼多柿子，我哪吃得完？」父親說：「可以送人，我在山上也這樣，這是做人的道理。」聽了他的話，我十分感傷，他不知道我現在沒人可送，已沒有同事可以親疏遠近。我走到廚房，在那寫著「尿素」的袋子裡翻找了幾個較好看的柿子，然後走回臥室坐在床沿，靜靜吃著，我不禁潸然淚下，看著窗

外閃爍燈火,籠罩在黑夜裡。

四

　　第二天我起得早,知道父親要走了,我必須買點什麼讓他帶回山上。他早已起床,就坐在客廳看電視,這和他在山上的生活很一致。「爸,你看電視,我出門買早餐,順便買點東西讓你帶走。」父親說不用了,他馬上就要走,是早上的車。「你今天不用上班嗎?」父親這麼一問,我愣了一下,後來我謊稱請了一天假。我說你等等,然後下樓直奔一間超市。我買了兩條菸,兩瓶酒,還有一些可用可吃的雜物,有兩大包。經過我住處轉角,在那裡又買了豆漿和包子。

　　吃完早點,父親即將啟程。「爸,我沒事,你和媽不要操心太多,我會好好過日子。」父親沒有看我,他知道我有些話一直沒對他說,他很了解我的心思。小時候有次我吵著買玩具,我苦求父母多日不得,電視又一直廣告那

玩具，在我快要失去興趣也就是徹底失望時，有天父親突然把玩具偷偷塞進我書包，我很驚喜，是他騎車去附近鎮上買的，沒有讓母親知道。他就是這樣，總知道我需要什麼，也明白我缺少什麼。

在車站的時候，我只目送他進去，就走了。我沒那麼矯情，難道還要掉兩行淚演什麼八千里相送嗎？這是生活，不是小說。我和他擁抱了一下，這才讓我真正發現父親確實沒有過去壯碩，身體單薄，消瘦露骨，這是我摸到他背脊骨的感受。「你少喝酒了，能不喝最好，很多事情都會耽誤。你的婚姻就是被這個搞壞的。」我說我知道了，這是父親留給我的最後勸戒，一句話像把刀刺進我胸口。是的，像那把山刀。

2 村裡消息

一

　　我先認識了尤命,然後他把鐵木介紹給我,出於某種道義上的回報,我只好將好友瓦旦也給他認識認識。我們四人成了好朋友,無話不說,也經常搞在一起,打球、打獵、閒晃什麼的,就這樣玩了好多年。

　　我和瓦旦同村,尤命和鐵木隔壁村的。這天傍晚,我們一起打球,打累了坐在籃框下的水泥地休息。不知道誰起的頭,我們紛紛對婚姻表達了些看法,並憧憬著未來這個神祕又縹緲的方向。

　　對女人,瓦旦比較沒自信,加之長得奇醜(他自己說的),所以說法比較粗魯極端,說將來結婚找到一個能蹲下來尿尿的就好。

　　尤命不以為然,立即提出了反對意見。

　　「哪裡是這樣?我前幾天才看見那個 mnguci(傻瓜,泰雅語)站著尿,下面都露出來了,誰說女人都蹲著!」。

　　「馬的,哪個 mnguci?你你指誰⋯⋯你給我講清

楚！」鐵木突然站起身，怒目圓睜。

　　我心想完了，這個尤命說錯話了，口無遮攔的他，今天也不例外地發作，很扎實地完成了他一貫侮辱人的舉動。而鐵木反應如此激烈，不是沒有原因的。

　　鐵木有個妹妹，叫撒韻。據說兒時一次嚴重的發燒燒壞了腦袋，鐵木的父母本該到處尋醫治療，苦求良方，但沒有，他們是窮苦人家，也沒有什麼好親戚可以救濟的，日子一天一天過去，也就只能這樣了，一點辦法都沒有。鐵木母親懷疑是村裡的那個女巫搞的鬼，她會施巫術讓人生病，甚至搬動五官，在村裡各種傳說也讓人不寒而慄，說她「法力」很高。這些怪力亂神，我基本上是不信的。當然，這其中也有兩家的恩怨，不贅述。為此，鐵木的母親一度想不開，像剛死了一個嬰兒那樣痛苦，好在被家人及時攔阻。

　　往後，撒韻成天瘋瘋癲癲，逢人就比劃十根手指頭，沒人知道她要表達什麼。麻煩的是，她會不自覺地做出裸露動作，比如裙子撩起來到大腿的位置，她母親細心給他穿戴的胸罩也無端扯下，這些種種對衣物牴觸的行為，都令其父母相當困擾。此外，撒韻只要在村裡徘徊走動，常常引來頑童的挑釁和嘲弄，向她丟泥巴或小石頭，所以回到家的撒韻，必定是一身髒，或者傷痕累累。

撒韻十八歲了，正值青春期，外表看上去就是個少女模樣，只是心智仍停留在五歲階段。村裡人都知道撒韻有些行為比較怪異，大家明白就好，絕不多做口舌上的鄙視。當然，除了尤命的那張賤嘴巴。

　　如你所知，mnguci 就是撒韻，尤命看到的那一幕，正是撒韻所為。雖然撒韻是隔壁村的，不過這樣的消息在村裡流傳得快，我後來也才知道了這件事，這是生活於鄉里的特色之一。

　　什麼話不說偏偏拿這個來說話，這個尤命太不應該。聽到這樣影射自己妹妹的話，鐵木當然惱怒，必須表現出惱怒的架式，所以作勢抱拳就要攻擊。尤命惱羞成怒，也莫名地氣憤起來，兩人愈靠愈近，像兩隻公雞即將開鬥，局面僵持不下，我張開左右手像撥開草叢那樣，趕緊在鐵木和尤命之間緩和氣氛。

　　經我三言兩語的解釋，說大家脾氣不要那麼暴躁，有話好好說，都好兄弟那麼多年了是不是。就這樣，我們重新坐在球場上，只是鐵木氣不過，一直背對著我們。我們感情雖好，但也常為小事爭吵，動手還不至於，只是面紅耳赤搞得場面凌亂在所難免。這種情況下通常都由我擺平，原因一是我最大，原因二是我讀的書最多，也就是知識分子，他們對我的仲裁頗為信服。

傍晚的彩霞很迷人，染紅了天空像在燃燒，四周靜下來了，剛剛還蹦跳的籃球也不知道滾到哪裡去了。發生一個這樣不愉快的插曲，誰都不願再繼續交談，各自看著遠方餘暉漸漸黯淡。球場上的籃框影子也已模糊不清，這表示夜晚即將來臨，一切都將被黑暗吞噬。

將近六點，天色確實暗下來了，對面那幾座我們常去打獵的山只剩朦朧的輪廓，我們什麼都不想做，也沒什麼能做的，摸黑還能幹什麼呢？我們就像頓時失去了依靠，成了無家可歸的難民，坐在籃框底下在等待什麼人的拯救和資助。會這樣想，是因為本村十五年前發生過嚴重的地震災情，當時整村人都聚集於此。

後來，校門口守衛室上方的大燈亮了起來，也可能亮很久了我們只是沒發現，好多不明的小飛蟲圍繞著燈泡，其照射範圍也僅是那門口的花花草草，我們可以稍微看清那邊的動靜。沒事做，我們只好將目光聚焦在那裡。

一個女人忽然出現，正和守校門的巴桑說著什麼，不知道什麼事，很急迫的樣子。巴桑有六十幾了吧，透過背光其駝背相當嚴重，這是一場酒後車禍所致，脊椎都嚴重變形了，所以現在的巴桑只能佝僂著腰，兩隻手像鐘擺那樣擺動著。那個女人則不同，她較瘦長，對比起來，兩人黑影的變化顯得相當逗趣。那個女人一邊說話一邊還往球

場這裡不斷觀望，我們細碎的聲音大概吸引了她。

我們可以確定的是，那個女人什麼都看不見。為了讓她看清楚，我們終於站了起來，走向校門口。

二

走近一看，原來是學校新進的老師趙曉芬，六年一班的導師。她說來找她班上學生，下午她去家庭訪問，這個學生安排在最後。幾經尋找，村也不大，總之不見其身影，失蹤了。該學生的父母當下在深山工寮裡，高麗菜採收期間他們都住山上，女學生暫住舅媽家。舅媽那裡早就知會了（先前在農地施打農藥），她正往山上的工寮奔去，去通知學生的父母。

「哈勇老師，那現在怎麼辦？」神情依然慌張的趙老師忽然轉向我。

「先別慌，讓我思考一下！」我撓了腦袋幾下，很像那麼回事。

「會不會去同學家玩了？」瓦旦從我後方發出疑問。

「有那可能！」鐵木插話，不過立即被趙老師駁回，說其他同學她都問過了，除了班長。（六年一班學生人數：六人）

「那會去哪裡呢？你們村不大，走完一遍也不用二十分鐘！」尤命也搶著說話了。

我們站在校門口討論了一下，有幾個兒童好奇地往這裡看，最後還是決定再找找，準備展開尋人的任務。我們幾個兄弟平常是樂於助人的，碰到這樣的突發事件，我們忽然感到熱血沸騰，人生變得有意義起來。

尤命另有他事先回隔壁村的家，順便也幫忙留意。我、鐵木、瓦旦以及趙老師，留在本村。

我勢必應該介紹一下自己，沒錯，本人正是學生口裡的哈勇老師，五年一班的導師，五年前實習完便分發到這間小學，願意回鄉服務是我念大學時就立定的志向。聽人說到偏遠地區教書是多麼的艱困與不幸，許多新老師也視之為踏板，待幾年就離去，這真是太不應該了。身為教師，除了滿腔熱情，我認為還須具備相當的耐心，能對各種教學環境駕輕就熟，並有心營造，進而達到所謂教育的目的。當然，他們沒有我幸運，我還是本地人，上班往來方便，走十分鐘的路就可以到校，住家裡也能省下一筆開銷。

要說的是，我跟趙老師其實不熟，她用無助眼神詢問我時，我首先感到突兀，因為沒什麼大不了，山上小孩會失蹤這樣的事在我看來是非常荒謬的，所以我無法適時回應什麼，並忍不住在心裡竊笑。其次，我並非謙和友善之人，對外地來的漢人，會保持一定程度的防衛心態。三個月前開學趙老師才來，在新進教師歡迎會上，她也顯得過於拘謹，很文靜，因此對她印象不那麼深刻，總覺得她放不開。後來想想，畢竟她是所謂都會來的小姐，大概還未脫離那個女大學生應有的矜持，被分到這個她可能視之為鳥不生蛋的窮鄉僻壤，總會有些初來乍到的怨氣。不過她教學上還是很熱情的，與學生互動也良好，這次她主動去家庭訪問就是個證明。

三

　　好了，這個失蹤事件的主角是學生，所以我們從學校開始找起是合理的，說不定雅幼滋忘記將書包帶回，返回

學校來拿也有可能。本村確實不大,學校當然也大不了多少。大概說明一下,校區上半部僅一排兩層樓的建築,向下擴張是操場,籃球場被PU跑道環繞其中,球場右側有教職員工宿舍,左側則種植些我叫不出名字的樹,樹下是若干兒童遊樂設施,鞦韆滑梯單槓什麼的。二樓除了六年一班,緊鄰其間的還有行政、導師等辦公室,一樓則為附設幼稚園到五年級的教室。我的感覺是,若是切掉那塊操場,那簡直就不像學校了。當然,偏遠地區的學校也必須長這個模樣,一班五六個學生也是常態。最近我不懂的事很多,包括有些所謂「往遠處想」的家長紛紛將小孩往大的學校送,戶口也遷至山下的鎮上。他們口徑一致,理由之一是,在小學校能學到什麼?

我提議先到二樓六年一班的教室,說不定雅幼滋現在就躲藏其間,正在忍受著飢寒,獨自飲泣。不過誰都知道這是多餘的,每次放學天黑前,巴桑會盡責地在校園裡巡視一圈,目的是查看各教室門、窗和日光燈是否關上。經巴桑在門口複述一遍,拍胸脯肯定校園裡除了我們,就再也沒有其他人。他並建議趕快到別處尋找,在這裡只是多此一舉,浪費時間。

除了巴桑,沒有人有意見,一行四人踢踏著,仍然上了二樓。樓梯轉角我注意到趙老師的步伐,像蝴蝶飛那樣

輕盈，兩腿夾緊，極其含蓄，不像鐵木、瓦旦這兩個粗人蹭著地板，拖沓的聲響破壞了原本清靜的校園。

結果如巴桑所預料，教室裡沒有人，門、窗都關得死死的。教室裡面一片陰暗，但兩側分別有幾扇窗戶，所以也並非徹底烏漆抹黑。是這樣的，即便在夜裡，部落的天空還是有一股淡淡的清光。藉著清光，我們依稀看見學生打掃後的乾淨模樣，桌椅似乎也被重新排列起來，整齊劃一。黑板上沒有任何粉筆字，連左右邊表示今天值日生的座號也沒有。

「我們的雅幼滋到底有沒有躲藏在教室裡呢？」瓦旦故意提高聲調，語帶淘氣。

趙老師眼睛在逡巡，從左到右，從右到左。為了將教室各角落看清楚，她向前把臉貼在窗玻璃上。瓦旦附和了趙老師這樣的動作，也一起貼上玻璃往教室裡窺視，並適時丟出了上面的疑問。我和鐵木被他們滑稽的舉止牽動，也忍不住與他們行動一致，八隻眼睛同時在教室裡搜尋，我想任誰也無處可躲。

然後，我們視線離開了教室，直起身，面面相覷，你看看我我看看你的一陣後，我對著趙老師給予謙遜的笑容，表示此行我帶頭的錯估。她也露出一抹含蓄的笑意，表示自己也沒有什麼發現。但我發現了一件事，即，在那

樣的清光下，趙老師笑起來還挺漂亮的。

　　有點失落，離開教室前我們還在二樓欄杆俯瞰了校園，甚至踮起腳掃描整座村，當然，這也是徒勞無功的。瓦旦驚覺操場那裡有影子竄動，經仔細查看，只是幾隻狗在走動。樓下教室也經我們一番檢查，仍然沒有半個人影，甚至鬼影。

　　還是回到了校門口，在那邊等待我們的巴桑露出一副不悅的表情，其嘴角向下準確說明了「不信老人言」的後果。

四

　　他們我不知道，我確實有點渴了，想跟巴桑要點水喝。但我看見巴桑往他腳跟不遠的地方呸地一聲，啐出一口痰，又瞥見他那茶漬斑斑的茶杯，我想還是算了。不知道是不是因為剛才的事，巴桑催促我們趕快離開，深怕我們影響他的值班似的，原本準備給趙老師坐的椅子他也順手收走了。

夜更黑了，月亮爬上來，空氣裡有一股凝重的氣息。我們要求再等一下，我們還要思考下一步。

校門口大燈下，我們再次討論一番，幾個兒童在我們之間逃竄嬉戲，瓦旦心不在焉，眼睛一直盯著趙老師，那樣子是很沒禮貌的。到了夜晚，我知道瓦旦的欲望就會膨脹，他一臉色瞇瞇顯然不在乎在場還有其他男士的模樣，讓鐵木有點吃味。

我再次欣賞了趙老師，嗯，她其實長得不錯，五官清晰，腦袋圓潤，下巴有點尖，是瓜子臉型，嘴脣特別紅潤。是不是因為燈光和月色的緣故，一頭長髮格外顯得垂直有質感。如果她的笑容能再大幅度舒展開來，不表現出因學生失蹤的事而憂心的話，我相信她應該更漂亮。

我忽然想到趙老師是導師，對學生的學習狀況應該較能掌握，學生生活方面大概也瞭若指掌（透過家庭聯絡簿）。我本來要問問趙老師的，沒想瓦旦道出了我的心裡話。

「雅幼滋最近有什麼不順心的事嗎？」

趙老師想了想，說，「應該沒有呢，她上課情形很正常，但聽班長說她最近放學後都往隔壁村走。」

我們三個男士頗有默契都點了點頭，我也問到了這個班長叫巴度，住隔壁村。為什麼問班長叫什麼，因為這可

能是一個線索。果不其然,巴桑好像在偷聽我們說話,像鬼魂一樣,冷不防冒出一句話。

「對,就是巴度,那個女學生放學跟他走的,是我看見的!」巴桑語氣相當堅定。

「只有他們兩個人一起嗎?」為了更加確認,我不識相地又問了問。

「不然呢,就只有他們了!」巴桑在胸前袖起了手,已經開始厭煩起來。

基於剛才的教訓,也沒別的選擇,我們必須相信眼前這個充滿智慧的老人。與此同時,與校門口垂直的那條村道衝出個人影,由遠而近,氣喘吁吁,給我們帶來另一個震驚的消息。

五

「鐵木!鐵木!⋯⋯你的妹妹撒韻也不見了!」
這是尤命的聲音,他還沒靠近我們,老遠就以高分貝

喊出這樣的話，在村的上空產生了回音的效果，且引起了騷動，惹來從門或窗引頸探看的村民，以及零落的狗吠聲。鐵木當然緊張起來，但這句話從尤命嘴裡衝口而出，他有點不信。鐵木跟尤命傍晚起過衝突，他內心大概還存有疙瘩。

等尤命喘息完，我們仔細問他，他才慢慢說出個梗概。他說一回到家就先被他父母劈頭罵了一頓，數落他沒去農地幫忙砍草。然後就是鐵木的父母上門，詢問撒韻的下落，說撒韻一整個下午都不見人影。最近遊客多，遊覽車來來往往，很擔心撒韻在馬路上發生什麼不測。

「那我yaba（爸爸，泰雅語）、yaya（媽媽，泰雅語）還有問什麼嗎？」鐵木大概已經相信尤命的話，立刻向前問起緣由。

「有，他們問我有沒有跟你在一起。我本來說沒有後來我說有，我說我們傍晚還一起打球，你現在就在這裡，所以我來通知你。」聽起來有點繞，總之尤命把這個消息告訴了我們。

趙老師似乎臉色更加困惑了，表情似乎在說明撒韻和雅幼滋的同時失蹤有何關聯？這個時候，一旁的瓦旦催促著我，希望我趕快想出別的辦法。

大概是想在趙老師面前出鋒頭，瓦旦大聲說，我們應

該到班長即巴度的家先詢問看看,因為這是重要的線索。瓦旦氣音高昂,好像人已經被他找到似地。

新的失蹤事件令鐵木心焦如焚,畢竟是自己的妹妹,他已先用跑的奔回家裡,他顧不得雅幼滋了。他走之前,我們還是請他路上眼睛亮一點,說不定雅幼滋和撒韻在一起呢!

好在到隔壁村的路程不遠,出了這個校門口,穿過本村,不走大路,向左拐進一片農田,走田埂只需二十分鐘就到,這是抄近路。

「巴度家電話號碼幾號?要不要先打過去問問。」瓦旦一時想到這個極為便利的通訊方式,我們也恍然大悟,異口同聲直呼對啊對啊,有電話呢!

「六個同學中就是班長家沒有裝電話。」趙老師的話立刻又讓我們洩了氣。

意思很明白了,我們還是得去隔壁村一趟。本村既然沒什麼指望了,我們幹嘛不去開闢新的方向?人沒有必要侷限自己吧!以上是我內心的OS,我經常如此,喜歡跟自己對話。所以我並沒將這些話大聲說出來,令我竊喜的是,我們將踏上一段未知的旅程,誰都喜歡嘗試新的冒險。

六

　　我們一行人上路了，我們是：瓦旦、尤命、趙老師以及我。

　　出了村，很快就拐進了農田，田間小徑並不那麼漆黑，反而給人一種明亮溫潤的感受。秋天的夜晚真是涼爽，混雜著田野若干昆蟲的鳴叫，散發一種類似金屬的氣味，田窪裡的水彷彿吸足了月光的溫暖，微風吹過，也帶來陣陣芬芳。我感到全身的器官在打開，情緒在高昂，我是多麼地興奮，雖然現在不是該快樂的時候——兩個女人的失蹤，至今仍然毫無下落，我不該如此，我還有責任在身。但我控制不了自己，長年忙碌著什麼，我居然不曾細心來體會大地的脈搏，到底是什麼困住了我的想像力和創造力？

　　瓦旦這個不曾有過愛情的男人，首先發出了振聾發聵的吶喊，兩手張開，對著廣闊夜空，像要把滿腔鬱悶排泄出去。他快走幾步，繼而使勁快跑了起來，像在飛一樣。然後，在一個凹凸不平的草叢上有意無意或根本就是故意

地跌下去,他躺在地上不願起來了。瓦旦這樣做是對的,他讓趙老師發出了第一次的笑聲,清亮而有韻致,笑聲如她步伐一樣輕盈、靈動。當然,此時此刻,那樣的歡快同樣顯得不合時宜。此外,瓦旦幼稚的舉動感染了我們,除了趙老師,我和尤命也不約而同地躺了下去,並還那麼滾動了幾圈。

「呵呵,真沒想到你們還保有童稚之心!」趙老師發出這樣的感慨,大概是一種讚美。她繼續以嬌嗔的口吻命令著我們。

「起來,快起來吧!我們還要去找巴度!」

趙老師說的話愈來愈多,聲音也愈來愈柔,有點在耳邊竊竊私語那樣。我忽然覺得我們住在這裡是幸福的,美麗的事物從來不在遠方,它們就在我們腳下密布展開著。我躺的地方剛好有若干枯草在耳邊,草葉搔癢著,我多麼希望能邀請趙老師跟我一起躺著,或者躺在我們之間,那也是可以的。

我是最早站起來的,並嚷嚷重複趙老師的焦慮,我們確實還有任務在身,必須把失蹤的人找回來,不這樣,我們好像就對不起眼前的趙老師,今晚誰都將難以入眠。我快跑到趙老師身旁,緊挨她的肩繼續向前,瓦旦見狀立刻也躍起身,像顆球那樣彈跳了起來。我知道,他不願我獨

享趙老師，雖然讓趙老師發出笑聲是他首創，但他不甘讓我獨自占有那樣甘美的果實。他果然趕上來了，我右邊，他左邊，好像講好那樣一人一個肩膀，我們兩人將趙老師夾得很緊，所以肢體擺動所產生的摩擦使趙老師一臉尷尬，她一下加快腳步將我們丟在後面，一下又放慢速度將我們擺放在前。而不明就裡的尤命，緊跟在後。

　　走在田間是愉悅的，有幾聲蟲鳴，也有窸窣的流水聲不知道在什麼地方不遠不近流淌著。我們不禁仰頭看著還看得清的星空，有數顆星星不時閃爍，這讓尤命發出了陣陣驚嘆。

　　「星星真美，好美，太美啦！你看，那顆在眨眼睛！」尤命一邊指著，一邊要趙老師仰頭看。

　　「真的是呢！是飛馬座嗎？」趙老師依她所學，把問題丟給了尤命。

　　當然，尤命這個終日與農地為伍的人懂什麼呢？他怎會知道那是四方形星座裡的一顆。尤命拍了拍腦袋，手足無措，那張嘴就開始亂說話了。

　　「什麼座？哈哈……，我只知道星座啦！趙老師是什麼星座的呢？」尤命不依不饒繼續糾纏。

　　「呃……這個……，我們快趕路吧！」趙老師輕吐了舌頭，對這個問題顯然不願回答。

仍然不放過趙老師的尤命,向前把我撞開,換他緊鄰趙老師。我知道此人的性情,他非得要把問題搞懂才罷休,所以一直重複這個只有年輕人或女人才會熱衷的問題,我頓時感到無聊。趙老師不堪尤命的重重逼問,終於說出了自己的星座——處女座。說完後她立刻神態嬌羞,我可以想像她細緻的脖頸上,正有熱血上升,直衝她臉頰,以致臉紅。

　　星座我不感興趣,但我知道當說到處女座這個星座時,很自然會想到「處女」這樣的詞,其難以啟齒也就在這裡,趙老師是女的,她當然要有所矜持,以免破壞她可能有的完好形象。不過,這也沒什麼,難道趙老師是處女座她就一定是處女?這不得而知。即便她不是處女,又關我們什麼事?這會影響我們紛紛向她示好進而想要追求她的衝動嗎?

　　好了,這個不重要,我們的任務是找人。前方就是巴度的家,那塊田再過去一點就是隔壁村了,不遠處有幾家燈火通明。

七

巴度的家趙老師說很好認，但她仍處於慌亂當中，東張西望仍然不知確切位置。只好問前面一個正在餵雞的村民，他指了指，我們走幾步就到了。

家是平房，和周邊房子相比起來，巴度的家境確實不是很好，這讓我聯想到他家沒裝電話是對的。人要認命，沒有那條件，千萬就不要逞強。也因為貧窮的關係，巴度家的窗口沒有光線射出的跡象，不用說，似乎也是節儉之故，連燈都捨不得開。瓦旦把頭探進一扇窗，好像沒看到什麼，做出很失望的表情。不過他如果是在窺視屋裡女人的隱私（比如洗澡），那也極其正常，因為夜更黑了，瓦旦的欲望在生長。

我們一直沒有找到正門，繞到房子後面，還有一扇窗開著，裡面正是勤奮苦讀的巴度。真是個乖孩子，廣大鄉野裡正隱藏著這樣的豪傑，寒窗苦讀，十年後必定有所成就。

一個極為廉價的檯燈照著巴度的腦袋，微弱光線以扇

形照射周圍的區域。巴度身後是一張木床，床上破舊的棉被被折疊得很整齊，所以這張床看起來比較清冷。我想像巴度在做完功課後，上床躺著一定會先看著天花板並深深嘆出一口氣，然後安然入睡。此情景讓我備感親切與感動，因為想當年本人也是如此。被選為班長的巴度，果然名實相符，班長一定是品學兼優的，這似乎是始終不變的定律。

趙老師敲了窗邊，只有一下，巴度因為聚精會神而沒有聽見。瓦旦敲三下，以其粗厚指節敲響並震動了整扇窗，終於把巴度拉回現實當中。

巴度轉過身，揉揉眼睛，用臀部將椅子往後推了推，很侷促的樣子，站起來轉向我們，面向他應該讓眼睛稍作遠眺的窗口。

「老師，你們怎麼在這裡？」

「我們來找雅幼滋，她已經失蹤半天了，你有看見她嗎？」趙老師如實道出，語氣些微顫抖。

「噢，她半個小時前經過我這裡，她來向我請教功課！」巴度的話著實讓我們心安不少。

「那現在她人呢？」尤命直接切入主題，這個問題至關緊要。

「她回家了，我本來要送她，她說要自己走，不害怕

走夜路。」

巴度說得輕描淡寫，但他不知道眼前的我們，已費盡了千辛萬苦（至少我感到疲倦了）不騎乘任何交通工具找人找到這裡來了。

我們與巴度的對話驚醒了睡夢中的人，他們正是巴度的父母。因為燈光昏暗，他們看起來顯得蒼老無比，不知道他們有沒有電視，我猜沒有，即便有也可能怕影響到巴度的自修而早早入睡。我們感到非常抱歉，他們衣衫不整地從床上爬起來，看見我們幾個人包圍著巴度，慎重地詢問了是不是巴度做了什麼壞事。我們說沒有，絕對沒有。我向前握了巴度父親的手，告訴他，「巴度在學校真的很乖，成績也好，他將來一定很有出息，不用擔心，不用擔心！」

說實話，我們都認為應該可以轉身就走了，至少我們獲得了一個讓人心安的消息，「她回家了」這句話正是我們要的答案。我們四個今晚突然有這份熱情，幫趙老師在夜裡尋找這麼一個失蹤的學生，雖然沒有找到人，但過程中的感動依然不減。這裡面是不是有什麼其他意義，我不知道，好像我們不是真的在找人，只是在尋找自己的方向。

可以想見的是，雅幼滋現在可能已和舅媽或父母相

會,可能先像電視演的那樣相擁而泣,然後坐上餐桌,你看我我看你的笑容裡含著晶瑩淚水吃著香噴噴的飯菜。

最後交代以下的事也許顯得多餘。

我們返回本村的路上,遇見了鐵木。他說撒韻沒有失蹤,只是走到兩村之間那條大馬路右側的小溪,正好也就是我們錯過的方向,我們向左拐了。撒韻在那裡脫光了自己,在清澈的河水中盡情地洗滌自己。

雅幼滋確實自己走回家,她在舅媽家心情不好(舅舅酗酒會念她),這段時間都跑到隔壁村去散心,主要是隔壁村有個阿姨會教織布,她想學。每次往返都走路,不過她捨近求遠,只走大馬路。她要走走開闊的路面,聽聽小溪的潺潺水聲,她要尋找屬於自己的自由。在我的想像中,雅幼滋愜意走著,在月色清光的照耀下,她看了看左邊的小溪,有黑影在水中游動。那是一個女人的身體,黑髮左右甩動,激起水花,裸露在黑暗裡的,是白滾滾的肉。

3 告别

在鎮上等待面試通知時，突然接到母親打來的電話。她說：「Walice，你快回qalang¹，輪到你爸爸挖骨了！」母親口氣有點急，我聽得心不在焉，好像這件事與我一點關係都沒有。

　　由於部落的公墓不堪使用，土葬已禁止，部分墳地要再利用，所以必須將先人骨骸挖出，然後簡單火化，待鄉公所建好靈骨塔後，再將骨灰移入。他們說法是：不僅環保，而且美觀。這點我完全沒意見，火化就火化吧。因為習俗關係，有些村民剛開始有牴觸的看法，甚至抗爭，幾次公聽會後，終於才有了一致的想法。

　　我回到部落，也沒什麼，就是請幾個工人挖開舊墳，撿出骨骸，如此而已。開挖前，他們拿一疊冥紙給我，說燒燒也好，以示尊敬。我們沒有這習慣，我也沒燒過，看到他們態度謹慎，免得觸犯禁忌似的，我姑且也燒了起來。我燃燒那些冥紙的時候，腦海浮現父親生前種種的畫面，我不禁老淚縱橫──當然，那是被陣陣濃煙燻的，今天早上的風也很不正經，一陣陣瞎颳。

　　骨骸都取出後，工人在藍色帆布上依人的骨架排列整齊，我看到父親以骷髏的樣貌重生，骨骼呈灰黑色。成年

1　qalang，部落，泰雅語。

人應該有的骨骼數是206塊，我算了算，似乎少了幾塊，我不免悲從中來。記得那年高三，我和父親發生了激烈爭執，他從家門口怒氣沖沖一路追打著，引起村道上的人紛紛停下腳步觀看，讓我感到非常羞愧。他就是用那隻少了橈骨和掌骨的右手，拿根木棍差點敲在我腦門上。

將近正午時分，工人去吃中飯了，我則留在墓地看顧這些骨骸，免得貓狗叼走。我點了根菸，擺在父親的墓碑前，想跟他說點話。我面對那些嶙峋的骨骸看得恍神，我彷彿進入了一個夢境。

「爸，我可能又要上台北工作，希望你多保祐！」

「你都快三十歲了，不待在qalang娶老婆生孩子，好讓你媽放心來陪我，你還去台北做什麼？」

我頓時無言，前面提過的衝突可以說明一切。他活著的時候，我們就無法好好交流，我跟他除了爭吵就是沉默。

「再過幾個月就是春天，那時台北天氣暖和，街上會有很多像花朵的小姐，說不定我會在其中找到一個當老婆！」

「sulay su！[2]usa la[3]，我不想再聽你說話！」

2　sulay su，放屁，泰雅語。
3　usa la，你走吧，泰雅語。

離墓地不遠的村裡，其實就有我們的老家。父親死後，多年和父親爭搶祖產的mama'[4]經常在別人面前刻意排擠母親，母親心裡難受，我們只好暫時搬進大姊鎮上的家，跟那個當公務員的姊夫同住一屋簷下。當時與我年紀相當的玩伴都爭先恐後結了婚，而我還不懂女人是怎麼回事，著實令我羨慕又嫉妒。總之，我在那些婚禮的喧鬧聲中，灰頭土臉地和母親離開了家鄉。

家裡養的那條黑狗鐵木，我們一直沒有注意到牠，這倒不是我們故意如此，而是搬家過程比較匆忙，直到卡車在村道上奔馳，才發現牠一路追著。鐵木有多年在野地田間奔跑的老腿，牠跟著卡車跑呀跑，當時坐在副駕駛座的母親不知是否透過後視鏡淚眼婆娑地看著牠，我站在後面的車斗扶著那些破爛家具，心情顯得依依不捨。我揮揮手希望牠別送了的意思，牠執意不聽，我也沒辦法，只好看著牠繼續跑。最後牠再也跑不動了，一屁股坐在村口吐舌喘氣，並發出那種尖銳的嗚嗚。

我們搬走後，老家暫時空了下來，似乎瞬間衰老下來，連同屋內的歷歷身影，恍如隔世，似乎全都煙消雲散了。這些景象讓我感到憂傷，憂傷的不僅是家人的離散，

4　mama'，叔叔，泰雅語。

還有就是我如今不能就近回老家,卻還得舟車勞頓回到鎮上租的小公寓,想想就覺得累啊,捨近求遠這都是何必呢。我多想在這死氣沉沉的墳地上躺躺,老實說,我對上台北這件事也不看好,只是我不願告訴別人。

我站起身,在枯草遍布的墓地上踱起步來。冬至已過,空氣還是冷颼颼的,此時沒人會待在這裡,只有我這樣失魂落魄的人。一股絕望情緒升起,讓人難受,我於是順利地找到了老劉的墳頭。

老劉的墳算是新墳,他三年前才死的。不僅墳很新,還用水泥砌造,蓋成像樓房的模樣,相當氣派。他的墓碑位於「二樓」,用一塊玻璃隔著,與我齊身高,我可以和他的遺照相望。不過照片上的面容稚嫩,無法準確說明老劉的確切形象,它應該是老劉年輕時所拍攝的。如果有天你行經此地,千萬別以為死者是位俊俏的青年,所有認識他的人都知道,他是個矮小又禿頂的醜八怪。

此外,「老劉」也只是個綽號,他是我國三的導師,教的是國文。當年我們做為學生,聽到其他老師都叫他老劉,我們不免背地裡也叫了起來。有次我們在廁所大便,聊到了老劉。同學就問,老劉到底幾歲,四十幾還是五十幾?他頭髮呢?有人說三十幾吧,他還沒娶老婆,就是因為沒娶,一急,頭髮差不多掉光了。老劉長相蒼老,據說

是天生的,這大概是他來到人間的整體形象,該綽號就是這麼來的。我們為老劉的年齡問題正爭論不休時,他突然在最後一間廁所嚷了起來。他說別猜了,我二十九。老劉個性溫和,不像其他老師聽到學生說他們壞話便拳腳相向。老劉說他不生氣,真的,這沒什麼。既然他都不介意,我們幹嘛不當面叫他老劉呢?

老劉上課總漫不經心,從來沒把一篇課文講明白過。他常提到他父親的英勇事蹟,說到南洋打仗因而把一條腿留在了戰場上,到了台灣後只能以榮民的身分苟活於世,整天躺屋裡聽他的國劇。

我之所以那麼了解老劉,是因為我大學畢業實習完就分發到鄉裡唯一的國中,跟他成了同事。記得報到那天暴雨如注,老劉的禿腦袋上全是雨水,他見到我劈頭就說:「你個王八羔子居然也當了老師!」嗯,他突然來這麼一句我感到很吃驚,也很親切,他罵起「王八羔子」來的外省腔依然鏗鏘有力,氣勢不減當年。

我承認自己有點反感老劉,他當年上課東拉西扯很不著調,把我們成績搞得一蹋糊塗,差點讓我沒能考上高中。考不上高中,我就上不了大學,上不了大學,我就無法考上享有公費的正職教師。不過當了幾年老師,我才悲痛地發現我差不多要和老劉一樣成為學校裡的廢物,但我

仍然反感他，尤其他還娶了村裡一個叫撒韻的寡婦。

撒韻大我幾歲，她跟老劉卻相差了近十歲。她是學校的廚娘，老劉就近認識了她，兩人漸漸滋生了好感。不過眾所皆知，撒韻是個比較隨性的女人，她來才一年，就和校長以及幾個老師過從甚密，謠言很多。她有酒窩，有雙眼皮，身材前凸後翹，確實是個人見人愛的村裡美人。當然，做為事實的一面是，我一度也被撒韻的美貌所吸引。因為在我整個青春經歷中，沒有一個女人具備這樣的魅力，包括我那些大學女同學都相形遜色。關鍵是她太愛笑了，那些笑聲充斥在餐廳間校園裡，甚至在她洗菜的汙水裡跳躍，她踩在汙水上面的膠鞋也彷彿在笑。如果我七老八十，我只能以平靜慈祥的眼神說，撒韻真是個好女人啊。但那時我才二十幾歲，在女人這方面很是生澀，她突然在我眼前如仙女般出現，使我頻頻深感惋惜，怎麼就嫁給老劉那樣的蠢貨。

做為反感內容之一，我也可以這麼說，老師這個職業在村裡算是有身分地位的群體，他們享有令人欽羨的福利和假期。換言之，教師、醫生、公務人員等形成了部落裡的「上流社會」，他們生活優渥，比較沒有負擔。這些人找配偶似乎也找同類人，組成所謂「雙薪家庭」。就拿我任職的國中來說，他們的配偶幾乎也都是公務人員，我之

所以還沒娶老婆，不能不說與此有重大關係。有正式工作的女人大多嫁人了，還沒結婚的也不願跟我商量一下愛情，其根本原因是我沒能如我想像的那樣往上爬，仍然像老劉那般一副窩囊樣。我在所謂玩伴迎娶新娘的鞭炮聲中失望地搬到了鎮上，也正是老劉婚後不久的事。就這樣，老劉娶了撒韻，雖然不符上述「雙薪家庭」的條件，至少狀況比我好多了。即便當時我想娶撒韻，但已經被老劉捷足先登，所以這樣的女人我是不會娶的，基於此，我幹嘛不反感他呢？

不過，很難說我和老劉持續保持友好關係不是因為我想去他家多看撒韻一眼。我在他家作客是多麼地快樂，在他與我聊天交換想法之間，穿插著撒韻端盤置碗的身影，我甚至可以在被夾光菜的湯汁裡窺見其倒影。老劉說：「我已經結婚了，結婚就代表到一個年紀了，而你還年輕，不能再這樣過日子啊！」我問應該怎麼過呢？他說：「如果我知道就好了。」

有一年春天例行的教師體檢，老劉肺部照出了陰影。夏天，住進了醫院，秋天，人就走了。死之前他被救護車載回了家，我去看他所謂的最後一眼，他瘦得皮包骨，已不成人樣。他躺在床上，氣息孱弱，但還可以說話，情緒也不怎麼失落。他說他老做噩夢，夢見他父親用剩下的那

條腿像隻袋鼠那樣緊緊追著他打,如此這般,真是太讓人感傷了。我看著他一貫的禿頭,聯想到可怕的癌症,我忽然覺得老劉的人生都是在化療,換句話說,每個人的一生都在化療,最後都是死路一條。為此,我很難過,當時臉上還掛著兩行熱淚。似乎就在那一刻,我做了一個人生最重大的抉擇,因而被我父親訓斥一頓差點趕出家。我毅然決然地把教師的工作辭掉,一心想做一番別的事業。

在老劉墳前,我想起了諸多過往,神思又恍惚了起來。有隻羽毛黑得發亮的烏鴉從我頭頂飛過,我嚇了一跳。我給老劉點了根菸,並把我跟父親說的話同樣說給他聽。

老劉說:「我不知道你為什麼還執意要去台北啊!」

我說:「我覺得你應該知道。」

他說:「我不能說我一點都不知道,但我要提醒你一句,人到哪裡都是一樣的。」

我說:「你說得很對,台北跟這裡確實沒有什麼區別。」

他說:「願聞其詳!」

我說我第一次到了台北,一出火車站就吃了虧。不算大虧,就是我坐計程車去找朋友的時候,司機故意繞了半天路,付車費用了五百元,我氣炸了!

「奇怪了！」，老劉說，「我聽你說是聯繫好工作才去的，你一下火車就去找朋友做什麼？」

　　我說，這說來話長，我沒力氣細說，就簡單說吧。確實有個人在電話裡跟我談，希望我幫忙寫文案，但他說得不是很清楚。我對這個人其實並不抱任何希望，在去台北前我就這麼以為了，他可能就是隨口說說。後來我在那裡安頓後，跟那個人見了一面，結果和我去之前所擔心的結果一樣。也就是說，我去台北的第一件事就是住在朋友那裡，什麼也不做，什麼也沒可做的。不過不知道為什麼，我對這個說起來把我騙到台北的人一點都不感到怨恨。

　　「我知道你為什麼不恨他。」老劉說。

　　「願聞其詳！」我說。

　　「你的意思很明顯嘛，」老劉說：「你早就知道那個傢伙不能兌現電話裡說的承諾，你去了肯定也沒什麼事可以做，但你還是在去之前到處跟別人說你已安排好那個並不存在的工作。」

　　我有點生氣老劉了，我說：「你的意思是說我是神經病嗎？」

　　老劉說：「我沒說你神經病，問題是你需要一個理由安慰自己並且說服別人，好讓你可以坦然地離開這裡去台北。很可能你去之前沒跟他談好是你故意的，因為你根本

不相信這個人,所以你不願意把話跟他說清楚,然後怕把人家逼急了直接跟你說我不能保證的話,那樣的話你就沒動力去台北了。對不對?」

「不對。」

「你說謊。」

「我不知道。」

老劉把我逼急了,像要把我心思挖空。他繼續說:「你甚至不是要去台北,而是要離開這個鬼地方。」

嗯,這顯然是個數學幾何一樣讓人頭痛的難題。老劉就算說得都對吧,其條理分明源自於他是個死人,而我還活著,我並不需要這些答案。我避開他的話題,繼續說了些能放鬆心情的事,比如我一下火車就去找朋友,他是我大學同窗,老家住高雄。我實習後回鄉當了教師,他則去了台北發展,這是我們的區別。去台北前,我跟他聯繫最多,雖然他有女朋友,但我們還是商量合租了間八樓的公寓。這倒不是延續當年「睡在我下鋪的兄弟」之情,而是為了省錢。我去了之後不久,他就和女友分手了,我記得他們曾在房間發生過爭吵。

男:「今年去你家過年?」

女:「你說呢?」

男:「那是要去我家?」

女：「我可沒那樣說。」

男：「你是不是不願意讓我去見你父母？」

女：「不是，我覺得你根本沒這樣想吧！」

男：「你的意思是說我不想跟你結婚？」

女：「你自己清楚。」

男：「好吧，那你現在想跟我結婚嗎？」

女：「呃……，我還沒想好。」

男：「那不就好了，你還抱怨什麼啦抱怨！」

女：「我抱怨什麼？誰他媽抱怨？」

男：「幹！你能不能不要叫？」

女：「我就叫就叫怎樣，你幹什麼幹！你幹誰？」

男：「幹誰？就幹你！」

女：「來呀，你敢嗎？」

於是房間傳來混亂的嘈雜聲，當然，也可能就是呻吟的聲音。

他們分開後，我和我的老同學像一對情人那樣出雙入對，這一度讓我愧疚不已，他和女友分手肯定與我脫離不了關係，我責無旁貸。他去上班，我就待在家上網，到了晚上就一起出門鬼混。後來還加入一個五十幾歲的朋友林桑，我們在那五條通六條通什麼都通的鬧區遊蕩，真是愈

夜愈美麗。我們曾和酒店一個小姐攀談,我們指著林桑說,一定要讓我們「老闆」林桑舒服,拜託了。她說好,你們放心,那是一定的。在一張床上,一個小姐問我,聽你口音像是高山族。我說我是原住民。她接著說,像你們這樣做生意的老闆真好命啊,收入不少吧。我仍嗯了幾聲,說一般般啦,就是混口飯吃。我不禁對自己所說的話感到厭惡,我居然如此虛偽。她說她二十一,老家四川,做這行業三年了,賺了不少錢,打算不做了。我覺得所有的小姐可能跟所有客人每次都說「我不做了」,不過她提到賺了不少錢,我問她賺多少。她攤開一隻手掌,我說五萬,她說五十萬。

「好了,別說這些瑣碎,那不重要。」老劉說:「你的生活費呢?沒錢你怎麼過日子啊!」

日子確實不好過,我帶過去的錢很快就花完了。在我捉襟見肘的情況下,認識了小陳,他開了間小公司,居然也讓我去那裡寫點文案。多麼遺憾,彷彿我這輩子離不開中文似地,因為我和老劉一樣教的也是國文。寫文案,我才有了點收入,足以維生,某種意義上來說也和教書類似。小陳說上班自由,偶爾到辦公室坐坐就好,在家寫文案也行。記得他叫我寫一個「左岸宅邸」的案子,豪宅啊,高級得讓人想到巴黎。「左岸」這個詞來自法國,塞

納河左岸什麼的大概是。我在台北常遇到這類貴婦，她們身上散發香水味，喝咖啡，講情調，還裝模作樣地拿腔捏調，她們聲稱這輩子若能去法國玩一趟大概就不虛此生了。我跟小陳說，我們部落也有「左岸」，或「右岸」，是一條兒時夏日戲水的河流，左右邊坡地有村人種高冷蔬菜，每到翻地期間，雞糞的味道到處飄散，但我們一點也不覺得臭。

我不想多說我在小陳公司的事，因為極其無聊，如果說教師生涯很無聊的話，在小陳公司上班其實也差不了多少。這或許和小陳的生活習慣有關，他熱愛品嘗美食，喜歡洗三溫暖，我和他經常在這些場所出沒。然後搞到三更半夜，我回到住處再上一下網，和幾個女網友彼此騷擾一番，說些雞湯式的廢話，真累了，倒頭就睡，如此日復一日，甚是無趣。當然，這樣下去跟我當老師確實沒什麼區別，既然沒區別，我幹嘛千里迢迢跑到台北無聊而不老實在家裡無聊就好呢，這成了那段時間一直困擾我的問題。糟糕的是，我發現體力愈來愈差，整天感覺病懨懨的，還時不時腰痠背痛。

於是我開始不坐電梯，爬樓梯，從一樓爬到十二樓。親愛的老劉，下輩子你投胎了，我建議你沒事多爬爬這樣的樓梯，你會有許多驚人的發現。比如那裡絕對是所謂文

明都市最荒涼最陰暗的角落,大家都坐電梯了嘛,所以樓道裡人跡罕至,灰塵積有一吋那麼厚。還有,你每走一步,回音大得驚人,有如置身原始洞穴。如果說都市擴張因而使許多野生動物沒有了生存環境,我倒建議牠們可以來此地棲身,有一次我就遇過一隻肥碩的老鼠。牠在上方,我在下方,我當時驚愕於牠的龐大,以為是深山裡跑來的山豬。牠看到我同樣也發出一聲驚嘆,牠大概訝異於此處居然也會有人類出沒。也就是說,我們都被對方的模樣嚇了一跳,繼而對彼此產生了興趣,所以我沒有轉頭就走,而是跟牠聊了一下。

「媽的,你是誰?」牠問。

「我是十二樓的住戶。」我據實回答。

「你幹嘛不坐電梯?」

「我最近脖頸痠痛,渾身沒一點力氣,要練練身體!」說著我還像個即將上場的運動員那樣扭了扭脖子,原地蹦跳了兩下,那些灰塵便騰空飛起。

牠咳了幾聲,說:「拜託你,別跳了!」牠接著說:「你為什麼不去樓下那間按摩店,叫裡面的小姐給你捏捏,聽說從那裡出來的男人都很快活!」

我嚴肅申辯說:「你可能沒去過,不是你所想的那樣,那家是純按摩的,很健康!」

「媽的,那不正適合你?」

「按過了,沒什麼效用!」

「說的也是,這種小毛病很難根治。對了,你剛說得那麼可憐,你有糖尿病嗎?」

「沒有,我還沒到那個年紀。我這個毛病是頸椎炎,是職業病,很正常。」

牠突然低聲啜泣了起來,最後才害羞地說:「媽的,我有糖尿病!」

我看了看牠所占據的空間,覺得牠所言應該不假,我也明白了牠的意思。

我說:「你是不是沒辦法移動身體好讓我繼續爬上樓?」

牠說:「真沒想到你那麼善解人意,你還是下去坐電梯吧!」

老劉有些不耐煩了,他希望我別說這些無關緊要的東西,說我既然在台北混得那麼糟,幹嘛還賴在那裡不回家呢?

看來老劉你確實真的死了,消息不怎麼靈通。其實中間我回來過一趟,因為姊姊打電話跟我說母親生了重病。而事實上卻不是如此,母親沒病,每天照常給姊姊和姊夫一家三口煮飯洗衣還打掃家裡,身體健康得很。我姊他們

住七樓，我在那裡住過一段時間，最不便的是沒電梯可坐，必須爬樓梯，我常爬到一半就氣喘吁吁，非常累人，後來我就搬出去住了。有次我在樓下的巷子遇見母親，真是奇怪，自我們搬到鎮上後，就從沒發生過結伴而行的情況。所以我感到彆扭，母親大概也很不自在，我只好加快腳步走在她前面，我覺得一前一後比較好。沒想到她追了上來，於是我們這對母子開始並肩行走，就像在比賽競走那樣。就快到大樓門前，我跨個箭步一鼓作氣要爬上七樓的時候，我看見母親兩腳離地飛了起來，和她手上拎的蔬菜和豬肉一起飛了起來。我必須仰視才能看清母親，那個角度讓我看到了母親的鞋底，她的鞋底真是乾淨，那是我在路邊攤買來送她的，我還謊稱說是從台北特地買給她的。

我說這個的意思是，姊姊說母親生病是她們合謀的騙局，母親希望我回來，包括我姊姊姊夫和外甥都希望如此。老實說，我也希望這樣，甚至是這麼打算的，我那次回來已將部分行李帶回來了，剩下的反正也不多，可以請老同學宅配給我。我在火車上告誡自己，你母親病了，這次回去無論如何都要好好照顧她老人家，就一直照顧到她死為止，這樣，我就沒有藉口再出去混了。所以那次回來我並沒把回來的時間詳細告知她們，我當然會在最快的時

間趕回去,我覺得這樣會給母親一個安慰。老劉,你可以想像我歸心似箭的模樣,很快我就上了七樓,我以為只要敲敲門,就會有一副病容的母親以及臉上還有淚光的姊姊來迎接,結果我怎麼敲都沒人來應,顯然他們不在,我被隔在門外,像條被遺棄的狗。

　　回來了總要找個地方睡,我考慮一番還是先回部落的老家一趟,我還留著家裡的鑰匙。我家的門並不太好開,但跟門鎖生鏽與否這種矯情說法無關。多年來我和母親已掌握了竅門,先向右轉五度,再向左轉三度,中間還必須握住鑰匙向上頂,如此才能喀嚓一聲順利開門。雖然那天我有些急切,但很快就恢復了記憶,也相對順利地將門打開。

　　屋內無比灰暗,我感到熟悉又陌生,所有格局都沒有變化,和我當年離開時並無二致。因為無人居住,加上門窗緊閉,牆面的木質氣味相當刺鼻,像塵封多年的祕密。彷彿當年父親的裝修才剛完成,換言之,老家因種種變故反而煥然一新了。確實如此,在昏暗的光線下,地板平整如鏡,熠熠生輝,所有曾被刮傷敲擊的傷痕都像彌合了一樣。當我打開客廳窗戶時,才發現地上無可避免地覆蓋了一層塵灰,它們本來如此均勻,都怪我橫闖進來,兀自留下串串慌亂的腳印。

如果不是母親和姊姊合夥騙我，把希望我留下來的想法沒有明顯暴露出來，我可能就會如我在火車上打算好的那樣不再走了。她們費盡心思的樣子讓我覺得可笑，也讓我覺得自己遭受了羞辱，我那個姊夫甚至還說出了「你在台北混得也就那樣」這般極盡嘲諷的話。這讓我想起十幾年前他第一次來我家的模樣，那時他瘦得像猴子，頭髮厚厚的一層，密不透風的樣子。就我當老師的眼光看來，完全是土蛋的象徵，我對他的看法如此糟糕，看來第一印象是多麼準確和重要啊。

　　老劉，我必須去台北，不能待在這裡了。雖然很多情況你不甚了解，但就我說的這些，你應該能體會我的想法。

　　算了吧，老劉笑了笑，說：「你無非就是不想做不喜歡的事，這或許跟我生前反覆說的那些有點關係。」

　　「你說的那些話？」

　　「沒錯，我也不喜歡當老師，我也曾想過一走了之，哪怕是當個農人也好。我甚至還得了癌症死掉，這些刺激你了是嗎？」

　　「我不知道，或許刺激了一點。」

　　「記住，這個世上基本不會有你喜歡做的事，做什麼都會厭倦的。你看那些路人都是快樂幸福的嗎？只要你攔

住他們好好聊一個下午，沒一個不是愁眉苦臉，不是身心俱疲的。不信你可以試試。」

我不想試這個，老劉。我懂你的意思，你除了不滿除了牢騷，你確實說過「做什麼都一樣」「到哪裡都一樣」的屁話，但你是不是死了大腦不靈光了？既然做什麼都一樣到哪裡都一樣，那我還有什麼理由不走呢？

「哦！」，老劉說，「算了，什麼都別再說了，我聽你說那麼多有點累了，你走吧！」

「去哪呢？」

「隨便你！」

「你是說我可以去台北了嗎？」

老劉自此沒再回答什麼，彷彿睡著似的一聲不響。當然，我知道他是裝的，他活著的時候就經常做這樣的事。有次我對他說，老劉，難道你不覺得撒韻每隔幾天到校長室走動不太好嗎？他假裝沒聽見我說的，便轉頭向廚房裡的撒韻吆喝：「你個王八羔子飯煮好了沒？」通常飯煮好了，撒韻也會坐下來和我們喝一點，不過她的酒量驚人，一點不輸我跟老劉。所以我就喝多了，老劉也趴在桌角裝死了。我說，撒韻，你看你，就不能把扣子扣好嗎？我都快看到你胸部了。這是不對的，你知道嗎？顧慮到老劉在場，我語調幾乎憤怒。照理說你是我的師母，師母就是我

的長輩啊，這是gaga[5]。撒韻聽我這麼說，便像隻狐狸那樣瞄了我一眼，當然，這是比喻，事實上我們對狐狸一點都不了解。如果要比喻，我覺得還是用「像母狗那樣看我一眼」比較貼切。接著，她不僅沒有做好遮掩，還陡然將衣服從下往上掀開。我站了起來，壓住她的手，將衣襬堅定地壓在它們應該在的地方，雖然我分明也將另一隻手壓在她胸口上，但我覺得自己的舉動是如此聖潔和正確。我說，作為師母，你應該做的是趕快給我介紹個對象，如果你堅持要給我看你的胸部，那只能說明我們是畜生。果然，撒韻因而收斂了許多，她想了一下，說出了一個女人的名字，她說那個女的跟我蠻配的。這個名字從她嘴裡一說出，我凜然一驚倏地酒醒，然後說不早了，我喝多了，該走了。

是的，我確實該走了。我跟大學同窗已經連絡上，我跟他合租公寓，雖然他有女朋友，但他說她不會有意見。我行李已準備妥當，火車票也買好了。我說，媽，你還是跟姊姊他們好好好過吧，姊夫其實人還不錯，好在姊夫的父母早死了，他們應該不會嫌棄你的。我賺了錢會寄給你，你想吃什麼就買什麼，我會聽你的話，常常回來看看你。

5　禮儀、規範，泰雅語。

我走到父親墳前，把那剩下的冥紙燒完，熊熊火焰暫時溫暖了我。寂清的午後，仍然四下無人，工人也還沒回來，氣溫愈來愈低，我看著父親即將火化的骨骸，眼淚像止不住即將潰堤。

　　父親，你活著的時候，我們不怎麼說話，尤其是你死前幾年，我那時正值青春期，是可以和你暢所欲言的年紀。轉眼十幾年過去了，有時我真希望你還在，這樣就能好好跟你聊聊喝幾杯，我想問你的是：你這輩子有沒有過我這樣的痛苦？有沒有雖生猶死的經歷？

　　我確實是個不肖子，沒給家裡帶來好名聲，連當兒子最基本的責任都沒有盡到。母親年紀都這麼大了，還在鎮上四處打工，以至做過洗碗、褓姆、民宿清潔工等工作。她一輩子就是苦命的人，做牛做馬難道是你們這一代的生活方式？最重要的是我還沒娶老婆生孩子，好讓你們放心。坦白說，你們一輩子把心力放在兒女身上，自己卻活得不順心自在，這是何必呢？難道你們不是人嗎？也可以說，我娶不娶老婆生不生孩子，既不關親戚那些三姑六婆的事，說到底也不關你和母親的事，但你們若不操心也不過問還能叫什麼「為人父母」嗎？你們總是操心這個擔心那個的，這或許就是你們的命，要怪就要怪命，不怪你們。

我稍些年長了，我們也沒好好交流，這是個遺憾，我如果想聊天就找自己聊，這些年我就是這麼過的。父親，有時我還真羨慕你，你都死那麼多年了，母親仍然惦記著你，清明節還給你擺上你生前喜歡吃的，你在那邊真的能吃到這些東西嗎？她當然不可能改嫁，年紀都一大把了，即使我不反對她改嫁，她若找個老頭子一起過，我未必感到羞恥，但一定覺得彆扭。怎麼說呢？你跟母親的婚姻到底算不算是所謂的愛情呢？我聽說你年輕時也愛過人，母親也一樣，只是她受父母之命，只能嫁給你這個在當時整天無所事事的酒鬼。你們這樣的關係是什麼？我真是一點也不懂，希望我到你這個年紀能明白一些。

　　我衡量過自己，這輩子肯定當不了官也發不了財，光宗耀祖衣錦還鄉那是不可能了。如果你對我還懷有希望，我只能勸你在那邊好好保養身體，有空就多保祐我，助我一臂之力。我就不說這些了，只是有件事一直壓在心裡，不敢說，說不出口，從來沒跟人說過，你是我的父親，我打算跟你說。我想你應該能透過前面我說的廢話猜得出來，我想跟你聊關於女人的事。

　　母親不知道，她也不懂，其實我並非跟女人毫無來往，在你活著的時候，我就跟高中同學談過戀愛，大學才嘗到了女人身體的滋味，甚至還嫖過妓。但在此之前，我

從來沒有愛過某個女人,這幾年來,我覺得自己愛上了一個。她的名字曾被那個廚娘撒韻當面跟我提過,但我聽見那個名字渾身就不自在。沒人知道我對她陰暗的心思,希望你也不要干涉,所以我不會跟你提她的名字,只能跟你透露,她是我任職學校的老師。我不敢擅用「愛」這個字,但我非常喜歡她,是從來沒有過的那種喜歡。我在學校只能偷偷躲起來望著她,如果她跟我說話,我會透不過氣來,你絕對無法相信,我喜歡她的劇烈程度,導致我始終不敢去追求她。

是的,你說我沒用也可以,我確實沒用,不敢對她表露愛意。我太喜歡她了,不知如何是好,難道我就這樣下去嗎?不追求她是因為她早有了對象,他們看起來非常登對,所有認識他們的人都這麼認為,我也不例外。我並不反對她嫁人,我憑什麼干涉別人的婚姻呢?我也不敢奢望她能嫁給我,如果發生,那種景像我一點都不覺得幸福,反而覺得悲哀,我知道最終只會導致你跟母親那樣的結果。她會成為母親那樣的人嗎?時代不一樣了,她肯定不會。但她絕對會成為別人的妻子,會成為幾個孩子的母親,然後就是老掉,滿臉皺紋老人斑那都無可避免,就像是宿命。這些倒還不可怕,怕的是她和我再也沒有任何瓜葛了,我對她的喜愛將因此消散殆盡。我從來沒有這麼喜

歡過一個人啊,父親,你覺得我是不是瘋了?

　　我無法阻止她朝我所害怕的方向前進,聽說她下個月就要結婚了,按照慣例,她一定會寄喜帖給我,鑲金邊的喜帖上也一定印有他們親密的合照。我參加過不少同學同事的婚禮,大同小異,沒什麼差別。都是那些庸俗不堪的儀式,他們要交換戒指,戴上項鍊,到場的長官及民代還要腆著肚子說完祝福早生貴子之類的客套話。搞了半天,來賓都餓得頭昏眼花了,所謂新人還愣在台上被司儀和親友捉弄,交杯酒啊、舌吻啊什麼的。這就是幸福嗎?她也要這樣的幸福?

　　我不想再看到這一切,我已經厭煩了所有的婚喪喜慶,我忍無可忍,再也支撐不住,但我不知道要到哪裡去,不知道哪裡才能安置我躁動的心。父親,我一點辦法也沒有,山窮水盡了,差不多就要走上絕路。

　　我不說了,父親,我要走了,我來這裡是和你的骨骸作最後的告別。也許我會回來,也許就再也不回來,如果你不能理解我說的,可以去跟老劉聊聊。當然,你不認識他,你國小畢業,認得幾個字,你可以看墓碑,他叫劉華光,就在那邊,跟你靠得很近。最後,我祝福你們能成為朋友,很好的朋友。

Puniq Utux

屋外黑魆魆的,正風雨交加。比令上午出的門,到天黑透了也不見人影。伊萬不等了,叫孩子先上桌吃飯。燭光將桌前一家人的身影團團掛到了牆上。

這時有人敲門,不是比令,是寡婦哈勇他母親。寡婦一進門,挾帶了一陣風,燭焰於是劇烈地搖晃了幾下。因為鋒面來襲,她心慌睡不著,伊萬於是陪她聊幾句。大人講話孩子一般不插嘴,只有耳朵聽的份。

一個人可憐啊,現在外面風雨呼嘯我卻一個人無依無靠的,寡婦說,這樣的日子不知道要過到什麼時候。

不要這樣想!伊萬安慰著。

人都勸我不要這樣想,不這樣想又能怎麼想呢?天氣一涼,我就睡不著,連個暖腳的人都沒有,想到哈勇他父親要是在就好了。我總是控制不住自己,前兩天又去他墳頭哭了一夜。

伊萬也不知道該說些什麼。

一條狗在屋外莫名嚎叫,狗一般不這樣叫,嚎叫代表不祥,老人說過這是狗提前知道家主人的不幸,嚎叫就是狗在哭!

狗叫了很長時間,屋裡的人都仔細聽著。人臉在燭光的閃爍中陰晴不定。伊萬還開門探出頭去,聲音大概在不遠的村口,或者墳地旁的橋頭。有人見過狗嚎叫的樣子,

那時狗會登上高處，四條腿踩穩，身體繃得像長凳，狗頭仰得高高的。若是走近一看，會發現狗的眼睛不斷湧出淚水。

狗聲如此淒厲，叫得像鬼，寡婦嚇得寒毛直豎。她說村裡大概又要死人了，前幾個月她丈夫死前也是這樣的狗聲，她覺得再也受不了了，起身就要回家。

寡婦一出門，孩子便嘰嘰喳喳了起來，他們說的是寡婦去哭墳這件事。只是和兒子哈勇有點口角，她半夜三更就跑去墓地嗚嗚咽咽的，哭累了竟然就趴在墳頭睡著，回來後還到處說自己在墳上哭了一晚，又說嚇到了幾個走夜路的人。村裡人就罵她，說根本就是裝神弄鬼，神經病。她聽了就擺出一副不屈服的樣子，說就是要去哭，要把死人從地底哭起來，大家都別想過好日子。這是何苦呢？所以尤命、拉娃和古慕都不喜歡她。

伊萬制止了孩子的談論，說小孩子不要亂說話，人還沒走遠，小心她聽見你們說的話。

伊萬把門開了走出去，看見牆邊貼個人影，原來寡婦真沒走。看到有人出來，寡婦才直起身要走，她說外面黑得可怕，什麼也看不見。伊萬說，就是啊，我把門開大一點，好給你照照路。寡婦說不用了，眼睛習慣一下還是看得見的，又說，冬天了怎麼還下大雨，路上都積水了。說

完她撐著黑傘慌張地走了。

伊萬抱怨說，真是奇怪的一個人，又偷聽人家說話，這樣老懷疑人家說她壞話，這又是何苦呢！

拉娃說，早知道我就用一盆水潑她，看她還敢不敢。

古慕說，人家夠可憐了，又那麼冷，你心好壞。

尤命說，她來幹什麼？為什麼爸爸還沒有回來！

伊萬說，你爸爸⋯⋯

拉娃不高興地說，管他去哪裡，一定去喝酒了，喝酒喝死算了！

尤命開始叫他的狗，狗叫小黃。小黃不在，不知道跑哪裡去了！

伊萬說，趕快去睡覺，廚房門洞開著，牠自己有腳會回家的。

尤命表情極為不悅，磨蹭著不上床睡，說要等電來。

伊萬就罵尤命，睡覺還等什麼電！

原來尤命作業還沒寫完，他不想在燭光劇烈的搖晃下寫。

外面的風雨又大了幾分，伊萬開始煩心起來。過去比令也常晚歸，喝得醉醺醺的，有時三更半夜才到家，伊萬都沒擔心過。可能風雨的緣故，所以伊萬的心緊了一下，想起比令，又不禁打了個寒顫。

伊萬開始央求兩個女兒，去看看比令，去找找比令。

兩個女兒說，不去。他要喝就喝個夠，喝完自己會摸到家門口！

伊萬說，今天天氣不好，你們聽外面的風雨聲。

外面的風雨聲讓兩個女兒更不想走出門去。

真是白養了妳們，伊萬傷心地說。

拉娃說，天氣不好，他說不定睡在隔壁的愛村了！

伊萬說，那樣最好，但妳爸的脾氣你們是了解的，天亮前他都會趕回家的，哪怕在外面走一夜的路。看這風勢雨勢，人都站不穩，你們就貼心一點，去看看找找，說不定半路就遇上了。

古慕說，反正我不去，外面烏漆抹黑的，又冷，怎麼走啊！

好，好，伊萬說，女兒早晚都是潑出去的水，我還有尤命。她喊著尤命一起去接比令，尤命猶豫地站起身，不情願地換上了雨鞋，換上了厚外套。伊萬往尤命的雨鞋塞了幾張舊報紙。

拉娃向古慕使了個眼色，古慕說，真煩人！

兩個女兒就說，算啦算啦，你們在家裡等，我們去找吧！

伊萬就找了兩件厚外套，也往兩個女兒雨鞋裡塞報

紙，然後找出家中唯一的手電筒，好在路上照明。

雨勢暫時停了下來，拉娃、古慕靠著這把手電筒上路了。但在漫天的黑和風以及冷裡，一支手電筒的光芒過於渺小，光柱只限於三公尺以內，照不清路不說，還讓兩個人陷於更深的黑暗之中。拉娃右手拿著手電筒，古慕拉著拉娃的另一隻手，兩個人一腳高一腳低慢慢走著。古慕說，還不如不要手電筒啊，就這樣走到村口時，拉娃便將手電筒關了。兩個人在黑暗中站了一會，在鄉間夜裡獨有的清光下，眼睛才漸漸適應這漆黑一團的冬夜。

從仁村到愛村，沿著北港溪，河埂高高的，有三四公里路。快到愛村的橋頭旁，是死人住的房子，幾棵掉光葉子的樹兀自立著，像墳地的看守。一陣陣風把樹枝搖得喀嚓作響，臨近路旁看得見的幾塊墓碑，其後漆黑的墓塚總有黑貓似的眼睛在暗中窺伺。黑夜把恐怖的氣味都釋放了出來，風也像鬼哭鬼叫的。古慕說她害怕，她感覺有眼睛有手指有腳步聲，一直隱藏在黑暗裡。她抓緊了拉娃的手，拉娃當然也害怕極了，於是姊妹倆手拉緊著手像鐵鏈般扣在一起。她們渴望在無助中哪怕聽到一聲父親的咳嗽聲，就不願在黑夜裡深陷下去。埂的一側是農田，另一側是河水。在這種情況下摸黑走著，是很容易失足掉入水中的。

兩姊妹終於到了愛村，整個村靜悄悄的。長長的一條村道，黑咕籠咚地就跟河水一樣難以邁出腳步。小吃店和雜貨店都關了，村道上竟沒一個人影，更別說是比令了。走了這麼長一段路，姊妹倆以為能見到比令，結果沒見著，想想回頭還要走那條死人路，古慕就想哭。拉娃說，既然都到這裡了，我們就再好好找找，說不定爸爸喝多了在哪家睡下了，我們也好再借個手電筒。

　　比令在愛村有幾個朋友，一個叫鐵木，一個叫巴萬，還有一個叫瓦紹，比令和他們常喝在一塊，是酒肉之交。姊妹倆首先找上鐵木，鐵木老早就睡了，聽到敲門聲，鐵木先問誰，然後起床開門，他很納悶這麼晚了居然找人找到這裡來了。他原先以為是比令和伊萬吵架，明白了事情經過後，就說，怎麼這樣，比令還沒回家啊！他告訴兩姊妹，比令確實來找過他，中午還一起吃的飯，吃完就散了，比令說有事要趕著回去。嗯，等等，該不會他跟我道別後在路上又碰到了朋友又喝了呢？鐵木看著兩姊妹狼狽的模樣，便開始罵起比令的不是，說著說著就找了把手電筒給她們。

　　從鐵木家出來，兩姊妹到了巴萬家。巴萬說他下午去了老婆娘家，並沒有見到比令，於是兩姊妹輾轉又到了瓦紹家。比令果然又到瓦紹家喝了酒。瓦紹說，你爸爸和鐵

木喝完酒後，就到愛村下面的野溪泡溫泉，泡完他在路上遇見了我，他非要我陪他喝幾杯，後來，住在愛村上面的武漾也跟我們一起喝，還煮了一鍋飛鼠。嗯，我算算，其實也沒喝多少酒也沒喝多長時間，比令自己也說天氣不好快要下雨了必須早點回家，所以我們散得早。會不會他又在武漾那裡逗留了呢？

　武漾的工寮在愛村上面，雖不在回家的路上，但也只要彎一點路，爬一段小坡。兩姊妹要到工寮找比令，瓦紹想讓兩姊妹在愛村睡一晚，明天再回去也不遲，但兩姊妹想到伊萬等不到她們回來，一定會很著急，所以執意要回家。瓦紹只好隨她們，並叮嚀路上要當心，天氣確實很不好。

　武漾說比令早就回去了，回去該有一段時間了，他猜測比令到家的時候該是兩姊妹出來找比令的時間，不知道怎麼會沒有遇上。兩姊妹心想也許比令已經在家呼呼大睡了，而她們卻還在受這樣的苦。拉娃埋怨了起來，說以後就隨便他怎麼喝吧，再也不會出來找他了！

　回去的路不比來的時候，一方面是往家趕，一方面是知道比令已經回去，現在又多了一把手電筒，兩姊妹心安了不少。拉娃甚至還用手電筒照了遠方鬼魅般的樹影，也照了右側黑暗的河水，被手電筒照射的河水顯得深不可

測，像死人身上的一個部分，蠟黃而恐怖。所以古慕求姊姊不要亂照，她會害怕。拉娃其實也害怕，但她忍不住去照，說不定爸爸不小心醉倒在哪裡！就這樣，兩姊妹一路走就一路四處亂照，河水、草叢、樹枝、墳頭、還有天空，兩條光柱時而交叉時而並行，當然，比令都不在那裡。有那麼一刻，拉娃還照出了比令在路上的軌跡，這些痕跡顯示比令是往家的方向走。等到她們回到了家，即便又累又冷又害怕，但只要比令在家了，她們會忘記所有的不愉快，會原諒比令，會讓比令繼續做她們的父親。

拉娃、古慕出門後，伊萬就開始坐立不安。她想，手電筒的電很快就會用光的，兩個女兒也沒走過夜路，而到愛村的路又那麼長。她擔心她們，甚至願意自己也走出門去把她們喊回來。但是她又擔心比令，現在除了比令，她還要擔心兩個女兒。她在心裡算著路程，猜想她們走到哪裡了，她堅決不睡覺要等兩個女兒回來。這個時候電來了，尤命趴在桌上寫作業，伊萬在旁邊看著。尤命說，媽，你先去睡覺，外面的冷都鑽到屋裡了。伊萬已經開始打瞌睡，頭慢慢伏在桌面上，然後猛地又把頭抬起來。她會問，幾點了。有時又問，你爸回來了嗎？或者，姊姊都回來了嗎？尤命的回答都是否定。因為瞌睡，伊萬就拿不準了兩個女兒究竟走到了哪裡。她茫然地瞪大雙眼，目光

很快地渙散，她的頭又緩緩地垂了下去。尤命做完功課就看著伊萬埋頭和抬頭，兩個動作反反覆覆，且間隔也愈來愈短。尤命忽然發現自己的母親竟然老得不像樣，頭髮灰白，滿臉皺紋，與此同時她的身體也在漸漸枯萎下去。尤命相信這是幻覺，但這樣的幻覺讓他心生恐懼。比令不敢再有類似的幻覺，他把母親搖醒。伊萬問，是不是你爸回來了！是不是姊姊回來了！尤命說，媽，你都打呼了，我們把門關上先睡了吧！

　　母子倆便上床睡覺，畢竟天又冷了下來，伊萬覺得坐在客廳等，手腳都要凍僵了，搗在被窩裡，也要很久才有了熱氣。尤命的小床在伊萬大床的對面，拉娃、古慕則睡另一間房。比令沒有立刻睡著，剛躺下他喜歡在被窩裡聽各種動靜，尤其是淅瀝的雨聲。那邊伊萬已經睡了，伊萬睡著了就打呼，鼾聲還特別響亮。伊萬一打呼，尤命就不那麼容易睡著了。尤命會情不自禁地計算伊萬的鼾聲，有時候，鼾聲過於劇烈，比令會覺得很難受。他就喊，媽，媽。伊萬也很容易就甦醒過來，也許她只是身體睡著，靈魂卻一直睜開著眼。啊，嗯，啊……，伊萬像在掙扎也像是在囈語，但她還是會醒過來，問尤命到底發生了什麼事。尤命說，你睡覺又打呼了，吵得我睡不著。伊萬說，白天太累了，晚上就會打呼。

後來尤命剛要入睡，又被伊萬吵醒。伊萬大聲地喊叫，誰？是誰在那裡？伊萬說，她看見一個人影閃了過去，是不是有小偷？尤命掀開被子，跳下床，就在屋裡尋找。什麼都沒有，連個鬼影都沒有。尤命在屋裡繞了一圈，重新上了床，被子又冷了下去。伊萬說，也許我是在做夢，朦朦朧朧地看見一個影子，以為是小偷。尤命說，天這麼冷，哪裡來的小偷！

　　但是伊萬仍然睡得不安穩，才剛闔上眼，就覺得有個人在她身旁躺下，她用手去摸，卻沒有人，她以為是比令回來了。過了一會，她又說比令回來了，因為她聽見打飽嗝的聲音，也聞到了一股酒氣。但尤命聞不到，他為了證實伊萬的話，還跑到廚房去看看，有時候比令喝多了會在廚房的地上睡覺。但廚房沒有人，平常小黃也睡在那裡，但小黃也不在。小黃不在餐桌底下，也不在床底下，這麼冷的天牠會去哪呢？尤命心裡想著小黃，又回到了床邊。這時伊萬又說，聽見門嘎吱地響了一下，不知道是人進來還是出去了，但也可能是風，外面的風愈來愈大，尤命於是把門鎖上。屋外的風真的很大，房子屋頂都被吹得喀喀作響，天花板上的掛燈也搖晃不已。那些靜止的家具都被燈光照得影影綽綽，有些陰影還在悄悄移動，似乎也在飛

翔著。

尤命想要小便,但他不想尿在馬桶裡。他從被窩坐起來,穿上外套。伊萬便問,你起來又要做什麼呢?尤命說,去小便。伊萬就說為什麼不去廁所,這麼冷的天你非要到外面去?尤命說不喜歡站在馬桶前尿,也不喜歡聽人家坐在馬桶尿,而且,上完廁所屋裡會有尿騷味,特別難聞。

尤命開了大門,站在從門口瀉出來的光中小便。不遠處有一棵樹,再不遠就是一片無邊無際的黑暗。黑暗中,房子的右側肯定還有一條小溪在那裡蜷伏著,現在雨停了,只剩下風聲呼呼地吹著。尤命目光匆匆地掃過黑暗,尿液在空氣中蒸騰出一股熱氣。這時尤命看見一個火焰般的東西掛在樹枝上,白色塑膠袋那樣的大小。尤命嚇了一跳,想趕快集中注意力在自己小便上。但樹枝上的那個東西竟然從樹上掉了下來,在快要著地的時候又浮了起來,並朝尤命這裡飄了過來。

那應該是鬼火,族語叫「puniq utux」,以前聽長者說過,常常在夜裡能被族人看見,據說看見了是不好的徵兆。尤命還知道,只要有人死了,「puniq utux」就會出現。難道我要死了嗎?尤命顧不上尿意了,想轉身就往家門口跑,但他像釘在地上一動也不能動了!

「puniq utux」沒有離尤命很近,它也停在一個角落。風把尤命的外套吹得鼓了起來,這麼大的風,居然沒能吹走那個幽靈。它的形體被風吹得呼呼作響,但也好像在那裡生了根似的,像一株茅草,吹彎了但吹不斷也吹不散。

　　尤命動彈不得也不敢用餘光去看「puniq utux」,感覺那個東西無處不在,在空氣中盪啊盪。夜就像一條黑色的河流,河裡則漂滿了這樣火焰般的「puniq utux」。尤命怕得要死,心想自己就要死了,是不是鬼火馬上就要讓他死?「puniq utux」好像能看穿尤命的恐懼,就說,不要怕,孩子,我來的目的不是為了你。真是神奇,信不信由你,尤命是真的聽見「puniq utux」在說話。「puniq utux」說,我來只是為了帶走一個人的靈魂。「puniq utux」的話夾雜在風的呼嘯裡,尤命似懂非懂,「puniq utux」為什麼讓他一個人看見它而又對他毫無惡意?是有別的用意嗎?尤命的心隱隱地刺痛起來,他忽然想到了父親。是的,是你的父親,是比令,「puniq utux」幽幽地說著,你的父親就是我今晚的目的,他已經死了!

　　尤命的雙眼頓時充滿了淚水,他抬起頭,看著「puniq utux」,它飄動得非常柔和。大概是天性使然,小孩子不知道淚水從哪裡湧出,彷彿就像一個神祕的洞

穴,突然崩潰,小孩子甚至不知道湧出來的是什麼。「puniq utux」說,我經過這裡,到那個有屍體的地方。我有時飄浮於樹梢,有時徜徉在地上,有時飛過安靜的屋頂,有時蹲踞在窗口,那裡有隻黑貓,牠看見我一下就跳開了。我甚至還被風颳了起來,於是我看見了你,我知道你身上發生了什麼,我知道你家裡出了什麼事,你不必再對我產生恐懼,因為我只不過是一個死亡的僕人,被死亡的氣息牽引。現在,你真的願意跟我去看嗎?他就在前面不遠的地方,就在那條河流。你的兩個姊姊沒有遇見他,這或許就是命,他注定要在水裡長眠。

尤命跟在「puniq utux」的後面,凝重的空氣被它破開,兩邊的空氣朝後湧,在尤命的背後聚攏,氣流撞擊在尤命的身後,於是尤命被一股無形的氣流推著向前。走到河邊,河水突然明亮了起來,比令直立在河水中,凍僵的屍體像被拘禁在燈光下的蟲子。「puniq utux」說,你看,此刻比令就像是剛分娩的嬰兒,又柔軟又堅硬。比令被河水浸泡了很長時間,皮膚慘白,他的頭髮漾在水裡,像一簇黑色的水草。比令張著嘴,肚子裡全是河水,這麼冰冷的水,把比令的鮮血和內臟都凍住了。比令的臉上有一種平靜的掙獰,任何死者的臉上都有這樣的神色,遠看是平靜,近看就是掙獰。還有就是陌生,一種告別之後的

陌生，一種讓人措手不及的陌生，一種什麼也帶不走的陌生。孩子，面對死者，你會感到疑惑，這是他嗎？這當然是他，也不是他，他什麼都不是，至多就是一種虛無。你不會再喊一個人父親，因為那個人已經不在，連帶的也剝奪了你喊父親的權利。父親是一家之主，是支柱，但現在支柱倒了，空出了一個位置，你不能叫一個空出的位置為父親，你會為此而羞愧，那裡什麼都沒有了，這就是生活裡的誇飾，也是諷刺，消失是存在最好的提示，而懷念又是如此的殘酷。

　　尤命跪了下來，作為兒子，他想知道，他的父親是怎麼死的，即使是最平庸的死。他不會把臉別過去，反而要睜大眼睛盯著看，他要記住每一個細節，他要耳熟能詳。「puniq utux」說，是的，這就像一個泰雅族的父親，他會重視自己孩子的降生，知道他們身體髮膚的變化，要聆聽他們第一聲的啼哭，並守候他們睜開眼睛，好讓自己先於這個世界被看見。作為一個泰雅族的子孫，理當也要目睹自己父親的死去，看著他卸下生命的重擔，看著他掙扎又放棄，並閉上眼嚥下最後一口氣。這有什麼不可呢？尤命向「puniq utux」請求，「puniq utux」滿足了他的願望。他們站在河邊，看著比令死去的一幕又重新來過一遍。

喝醉的比令走在黑暗中，就在尤命的眼皮底下，走進了河水。這麼魁梧的人，河水無法淹沒他，只能淹到他的胸口。他完全可以逃出河水的漩渦，可以爬上岸，但他好像看破了什麼，一臉鎮靜，他憤怒了，也迷亂了。河水就像條蟒蛇一樣纏住了他，纏到了他胸口，他就使勁撕扯著蛇身，一段又一段地撕扯，不料新的蟒蛇又纏了上來。這個時候，河水攪動了淤泥，也吸住了比令的雙腳，冷冽的寒氣也發出藍色光芒，將可憐的比令凍得全身哆嗦。最終他束手就擒，眼睛緩緩閉上，然後深深地長眠。他死去了，能呼吸的地方不再呼吸，能跳動的地方也不再跳動，溫暖的地方變得冰冷，血管瞬間變成藤蔓，他身體裡的火焰最後也緩緩熄滅。一瞬間，河面結了冰，空氣也結了冰，它們反射出微微的寒光，那是徹骨的寒。

尤命回到了家，伊萬問，怎麼尿個尿要花那麼長的時間？尤命沉默了下來，他爬到被窩裡，齒間凍得咯咯作響，他還感覺置身在那條河裡，感覺自己是直挺地躺在被窩中，就像他的父親那樣。他告訴伊萬，外面下起雨了，很大的雨。這時兩姊妹也回到了家，她們在門口脫下雨鞋，兩姊妹還陷在雲裡霧裡。比令不在家，也不在隔壁村，比令的幾個朋友那裡都敲過門了，都沒有。這裡沒有，那裡也沒有，會在哪裡呢？伊萬不知道，她讓兩個女

兒趕緊鑽進被窩。尤命把頭窩在被子裡,他現在能清楚聽見的,只是雨水在屋簷上飄落的聲音。

5 果園裡的撒韻

撒韻此時在果園裡，馬紹去找有經驗的人了。撒韻想著馬紹這一次會去找誰。昨天夜裡，兩人反覆商量找誰來疏果，最終還沒決定下來。但馬紹吃完早飯還是騎著野狼出門了，他讓撒韻將果園的雜草除去，順便翻地。他承諾會找個專業的人，如此整理出來的果樹空間就會妥當，不致因為擁擠讓果實變形，不然賣相就不好看了。

　　原本慈峰村村民種水蜜桃，剪枝摘葉總是要做的。就像耆老說的無論多麼懶惰的人，隔幾天總要梳洗一下。但有些村民總是隔兩三年才請人將果樹整理一番。馬紹家卻是一年疏兩次，夏秋之交一次，冬春之交再一次，年年都是如此。

　　馬紹認為給果樹剪枝摘葉，就像人理頭髮修指甲一樣，還是勤勞點比較好。指甲長了不方便不說，還會在其中積藏汙垢。相同的道理，果樹不修剪，也將對果實不利。橫生的枝葉多出來就可能暗中做怪，吃掉大半的養分，成為果樹的病兆和禍根。他就是從人的指甲和頭髮領悟到疏果的重要性。因此每到疏果時節，別人家的果園裡可能寂清著，他家的果園卻總傳出剪枝摘葉的清脆聲來。果園除了除草，也要翻土。常翻土壤就比較溫潤，不拒絕鐵鍬的翻掘，似乎很樂意鐵鍬敲進自己身體裡面去，正如身上在癢的人需要一個什麼來使勁撓一撓。不久前果園才

澆過水，地面上看不出來，似乎顯得乾燥了，但土壤下卻還是濕的。翻出來的土翻捲著，那土壤本身看上去就像是一種肥料。如果用鍬在濕土上拍幾下，立刻會複印出鍬形來，所以整理這樣的土地不致感到疲累。果樹下還劃出一小塊菜畦，種點蔥啊蒜啊韭菜啊還有地瓜。原以為此處的水土種不了別的了，他們嘗試種了幾株朝天椒，竟都長了出來，確實讓人意外。還有那少見的枸杞，村民還以為種的是什麼進口品種。撒韻種植這些蔬菜，心裡是相當自豪的，但她不太願意說出這個祕密，讓別人學著種那自己的就不稀罕了。

剛開始他們還擔心果園裡種這些蔬菜，會影響果樹，沒想到果樹照舊開花結果，果實依然芬芳可口，於是他們明瞭土地的生長力原來很充足，是不可計量的。如果不開墾菜畦，那麼這裡的生長力就會白白浪費掉，總之，他們兩口便是在種種的嘗試中學到正確與錯誤的道理。

此外，馬紹還得去鎮上推銷生意，他的水蜜桃屬日本進口的白鳳種，銷量很不錯。村裡的男人也都在做水蜜桃生意，好像不如此就不像個男人。但有些男人生意做好了人也就學壞了，有些男人生意沒做好人還是學壞了。他們這個村什麼時候有人戴上手銬？從來沒有過的，但如今卻有若干人讓警察給抓去法辦了。他們其中有的還跟著山老

鼠去盜木，多年下來他們的果園索性也荒廢掉了。

撒韻堅信馬紹不是這種人，他手腕上的手錶都戴十幾年了，他是很知足的人。她看見他把氣哈在錶蓋上，然後用袖子輕輕擦拭，這些都讓她感到放心。她隱隱覺得要學壞自己是更容易學壞的，她知道自己身體裡藏著火一樣烈的東西。

有一年家裡雇了一個懂疏果的年輕人，曾在大學裡修過園藝，戴著黑框眼鏡，習慣用右手將落在鏡片前的長髮撥上去。他很拘謹，尤其害怕面對人說話。這就讓撒韻對他產生了興趣。撒韻總問一些女人感興趣的問題。她不久就得知他還沒有結婚，雖然畢業三四年了，但還沒有成家立業。他們有一句沒一句地談著，漸漸地談得就比較深入，那年輕人甚至告訴她他現在所有的積蓄。他說家裡是不用指望的，要結婚就得完全靠自己。撒韻當時聽他說這些，心思就開始有點荒唐，竟異想天開地把自己也納進去，好像自己又成了一個待嫁的女孩。

撒韻對自己還是充滿自信的，至少在村裡，她是數一數二的漂亮女人，不然也做不了馬紹的女人。給馬紹當老婆，其實她是感到滿足的。她透過那個年輕人的拘謹與羞赧，也能覺察出自己作為女人的分量。

馬紹去鎮上忙了，把工錢留給撒韻。工錢馬紹已經和

年輕人談好了，果園裡再也沒有別人。果園也靜悄悄的，似乎萬物都在聆聽年輕人修剪果樹的聲音。天氣有點涼，剪枝的聲音聽起來非常清脆，但又好像沒有剪著什麼，彷彿只是剪子在空中剪動似的。

後來陽光照射在這片果園，撒韻渾身感到溫暖。年輕人每剪落一處枝條，都要端在手裡仔細端詳，像在研究自己剪得對或不對。他頭上的水蜜桃毛茸茸的，看起來渾圓而芬芳。有時他的頭會碰觸一兩顆，他就低下頭來，低頭時長髮就落下來擋在眼鏡鏡片上。撒韻心裡感到那長髮的搔癢，就想幫他撩上去。真的，有一次，她纖細的手指竟不自覺地動了一下，看似已經完成撩撥的動作。她感到羞赧，竟遮遮掩掩地用食指擦了擦自己的鼻尖。她端來了茶水和麵包給他，他推說不吃。當他坐在果樹旁的邊坡上，卻偏過頭吃起了麵包，她還看到他的耳廓都發紅了。這些都讓撒韻感覺到異樣和興奮，她當時真是太大膽了。在他偏過頭時她雙眼緊盯著他，那一刻他要是回頭過來肯定會嚇一跳的。但他始終只是偏過頭吃麵包，臉頰的青春痘隨著咬合一顫一顫的，這顯得比他本人來得要野性粗魯些。他吃太快忽然就噎住了，打了幾個嗝，但水杯在撒韻這邊，他居然也不要點水喝。他就那樣將沒吃完的麵包拿在手裡，將嗝一個接一個打下去。她偏偏也不將茶杯遞給

他,她很有興味地看著他打嗝,還帶著輕率的笑聲。

那時在撒韻心裡,有點引而不發的意思。她後來想過,要是他突然抱住她,她會讓他抱的,甚至可以親嘴隔衣服摸幾下也可以,其他的連她自己也不知道會怎樣了。她當時手中握著一個小土塊,竟把它攥得濕透了。她是想用這個土塊打他一下的,但始終也沒打出去。她就把那個土塊在手裡捏成粉碎,然後看也不看,經由指縫灑漏到地面上,讓細小的風任意吹散。

那天撒韻覺得自己很反常,看到馬紹時,她竟有些慌張,就像自己真的背著他做了什麼。她覺得自己身上到處都是漏洞,什麼也藏不住,但他竟沒能看出什麼來。實際上她低估了自己的掩蓋能力,而馬紹根本就沒往這方面去想,連她也覺得莫名其妙,他怎麼可以這樣疏忽無感。

馬紹後來去驗收年輕人修剪的成果,不是很滿意。不過水蜜桃卻結得不錯。一些枝幹被果實壓得彎下來,樹皮在彎下的地方繃緊,有折裂開來的危險,他就在其中立了幾根竹棍支撐,綁上麻繩,將纍纍的果實提攜著。村裡人來果園參觀時,馬紹顯得得意洋洋,但撒韻看著顆顆飽滿的果實,卻不說什麼,嘴巴像被針線縫了起來。那些果實使她感覺羞愧,讓她心裡藏著一個不可告人的祕密。

第二次疏果時,馬紹又想找年輕人,說人家本科系的

就是不一樣。撒韻卻不大樂意,甚至不願意請他了。她說水蜜桃結得好,不一定都是疏果的原因,她把部分原因歸功於自己的勤奮。也就是馬紹買來了農藥,囑咐她定時在果園裡噴灑。她覺得自己像是在故意否決那個年輕人的功勞,要在年輕人之前邀功似的。她甚至悖離事實,說那個年輕人對工錢不滿意,她算他工錢時,他皺著眉顯露一副不悅的表情來。

　　但馬紹執意還是去請那個年輕人,原來他已經調到別鄉去了,馬紹騎上摩托車前往,還是找到了他。但他說他現在不幫人疏果了。他目前當了那個鄉的機要祕書,工作忙得抽不出身。實際上他並不忙,馬紹找到他時,他正在鄉公所大門外的廣場和幾個人踢足球。馬紹的請託倒像是翻了他的底細,使他顯露惱怒來。他應付了馬紹幾句就開始把他晾在一旁,而且背對著他,踢球時,也似乎爆發了情緒,把球踢得非常遠。沒辦法,馬紹只好另尋了他人來疏果了。

　　然而撒韻在這件事上沒能善罷甘休,責罵馬紹早先就不應該請他,在她眼裡他就是個普通人。她取笑他總是垂下的長髮,說男不男女不女的,也數落他把枝幹剪下來拿在手裡打量,這有什麼好打量的呢?那年輕人的傲慢態度,莫名地讓撒韻非常生氣,並且隱隱覺得難受。她似乎

受了這個不小的挫折很長一段時間了，有口悶氣憋在心裡，似乎也沒有其他辦法將它盡情釋放出來。

撒韻翻過果園的土壤一遍和除掉雜草後，她找塊枯木坐在上面歇息了一下。她把舊手套脫下來放在鍬頭，鍬頭上反射的陽光就被掩蓋住，她伸出手指讓關節扭轉了一番。她心想要是有外人在果園裡，她是絕不戴手套的，因為會惹人笑話。現在果園裡只有她一人，馬紹去找人還沒回來。她一個人時就會把手套戴上，她把手套洗得很乾淨，其實也可以隨時丟棄。兩個拇指虎口的地方明顯地破了，上面線頭抽出絲來，像她的心情一樣凌亂。手套裡偶爾能掏出一小段蔥或小土塊，蔥段瘋成像爛雞腸，小土塊也被她的汗水浸濕，她看著她依然纖細的雙手，竟生出一股憐憫心來了。

撒韻發現雖然四周都是水蜜桃樹，但每一棵樹卻都是一個模樣，沒有兩棵樹是長一樣的。有時那一大片水蜜桃樹在她眼裡，會呈現出虛幻的感覺，在空氣中飄動，似乎一陣風就可以吹得它們破碎消散；但目光只要定在一棵樹上，那樹立刻就會顯出某種篤實與明朗來，好像你在看它的一瞬間它也牢牢盯住了你，而且不枉費你這麼一瞧似的。

撒韻將一棵樹死死盯著看，看的時間愈長，看到的就

會愈多,有時渺小的一根嫩芽和隱祕的聯結處也會被她看得一清二楚。看得時間一久,她覺得那樹會緩緩地走到自己面前來,就在眼前伸手可及的地方,但眼睛眨一下,它又瞬間逃了回去,似乎逃得更遠了,那些一一向她呈現的細節也一概消失,要仔細看清就得重新來一遍。

撒韻看了這棵又去看那棵,剛闔上眼,它們個別的差異幾乎讓她發笑,像它們要故意這樣,像它們之間發生了什麼彆扭。但是只要再盯住看,便發現那一棵棵不同的樹又沒什麼差別,就僅僅是一棵樹那樣。單單只看一棵樹,和把它放在許多樹裡看,也是有些不一樣的。好像它單獨是一個樣子,混跡於樹群裡又是一個樣子,她還有些不信,幾經這樣的測試,結果卻還是一樣的。她看見一棵樹被她盯住時顯得氣勢凌人,枝枒交錯,旁逸斜出,好像準備發脾氣要和誰爭吵一樣,但放到樹群裡去看,它卻似乎又藏住氣燄,溫和了許多,在群樹中它甚至不表露那獨特的醒目來。

這也沒有什麼好奇怪的,撒韻想起馬紹說的指甲比喻來。她想著就看了一下自己的指甲,然後又把視線移到那些果樹上去。她在每棵樹上細心檢視,想著哪些樹枝不久將會被剪去,那麼多橫生的枝枒密密長在一起,如今呈現的只是一片的潦草與混亂。

有些枝枒似乎長得過於張狂，炫耀似地比其他枝枒高出一部分，讓人看起來不舒服和累贅，即便是撒韻，也知道這些是非修剪不可的。特意請人來剪果樹不是剪這些，這些誰也會剪的。請人剪的正是那些一般人把握不住的枝枒。有一些枝枒，在她看來規矩有本分，而且憑她的經驗，應該是樹上最有用的，但是請來的人卻把它們硬生生剪掉了。這就讓她不敢肯定自己的眼光，覺得自己雖然在果園裡觀察了這麼久，但眼光實在還差人太多。

　　像那個年輕人打量果樹一樣，那些被撒韻看好的枝枒被剪去後，她也忍不住拿起來檢視一番，似乎要從中看出為什麼被剪去的原因，然而是看不出來的。她也曾鼓勵馬紹自己修剪，剪久了自然就會有心得。但馬紹說，你以為動動剪刀的事而已嗎？那裡面的道理很深奧，不是誰想剪就能剪的。這確實是實話，村裡幾乎家家都有果樹，但這麼大的村子，這麼多的果樹，細細思量，竟然沒有一個能讓大家都信任的疏果師傅。一般都必須到外面去請，也都是年長資深的。

　　不過沒有人會那麼無聊，凡事都要來個尋根究柢，反正到該疏果的時候，果樹肯定是要被修剪的了。至於請誰來，事先是不知道的，反正到時總會請到人來，像那個年輕人，以為自己是個鄉公所的機要祕書，就不再適合幫人

疏果了,但少了一個他也總不乏懂疏果的人,果樹最終還是被修剪了,並且一定和他的手藝不同。疏果時,馬紹大部分不在,總是撒韻陪著師傅去剪,給師傅當幫手。她發現雖然同樣都是疏果的人,但其中差異卻大得懸殊。把一棵樹給兩個師傅剪,剪出的結果竟會有天壤之別的效果。

年輕人走後,請了一個老人來疏果,那老人面容古怪,就像是棵水蜜桃樹變的,也不知道馬紹從哪把他找來的。他看著那一棵棵果樹,目光銳利,好像果樹都是重病患者,他對它們都瞭若指掌,它們的什麼祕密和伎倆也逃不開他眼睛似的。

老人那天剪的果樹真是把撒韻嚇壞了,他哪裡是剪,他大都是用鋸的,他把手腕粗的樹枝也鋸掉了。他跨坐在樹上鋸著,心思沉浸在他的工作中,根本就不看她一眼,好像身邊就沒她這麼個人一樣。看著一根接一根的樹枝從樹上歪斜下來,並發出刺耳的撕裂聲,終於沉重地落到地上時,她甚至感到了一種不祥的預兆。

撒韻好幾次都忍不住喊出停下來,但老人的篤定氣勢卻震撼了她,頓時讓她束手無策,掌心上都急出了汗水,只能眼睜睜看著他逕自修剪。而果樹竟像如臨大敵那樣,一棵棵驚惶地立著,顯得茫然又無措,她看著竟感受到了一種恐懼。

撒韻心想等馬紹回來再付他工錢,但她突然產生了恐懼,怕他會做出其他的什麼事來。於是慌張地付了錢,把老人打發走了。好在老人沒有心機,原本以為他如此大費周章,工錢一定不低的,會加倍收費。沒想到老人要的還是跟馬紹定好的那個價位,但她還是覺得這錢給得不是滋味,就像人家欺負了她,反過來還要付人家錢似的。她覺得老人哪裡是在疏果,簡直是在任由性子胡亂屠砍一通。

後來馬紹再去找老人時,他已經埋在土裡數月了。和老人比較起來,那個年輕人就溫和多了,幾乎可以說有點優雅。他好像連剪刀也捨不得動一下,似乎在他眼裡,每一根枝枒都是有益的,都值得珍視。年輕人那天剪下的更多是一些小枝枒,大枝幹當然也有的,但那是出於必須的搭配才剪落的,像老人那樣大刀闊斧地猛鋸,他一次也沒有過,他每次來的時候就從沒帶過鋸子。

直到現在,撒韻還會想起這兩個老少來,不知他們誰的方式才是正確的。反正果樹總是要結果的,好像被任何一個人修剪,樹也都會結出果子來。撒韻的想法是天馬行空不著邊際的,有時她就想,要是任由果樹自然生長,不剪又會怎樣呢。她忽然想起身為一個女人,自己的頭髮就從來沒細心整理過,但也並沒有因此發生什麼事啊,難道頭髮還會長到天上去嗎?

果樹下有一堆草，已凝結成一大塊，看上去很堅硬。撒韻出神地看著那堆草，她想起來了，那是從山羊肚子裡挖出來的。前幾日正是婆婆的壽宴，家裡殺了一隻山羊。羊是馬紹放陷阱抓來的，她還餵了近三個月，和剛抓來時相比較，已經是兩個樣子了。她記得那羊總是瞇著眼對著陽光，好像嘴脣發癢，有時會將嘴脣在地上磨蹭。殺牠時是在果園裡的工寮旁，起了很大的動靜，她沒有去看，不敢去看那血腥的畫面。她不記得這羊肚子是誰處理的了，將牠肚子裡的草葉翻出來倒在了這裡。她驚訝這麼多的日子過去了，自己不知為什麼竟沒發現這一堆其實是她餵羊的草料。

　　果園旁的杏樹開花了，撒韻首先看見的是距離最遠的開了，幾乎是一眨眼的功夫。有一枝瘦高的枝枒，像稚氣的小孩，先是在邊枝上小心地冒出幾朵花，其餘的枝枒都還空落著，像沒得到眷顧似的。這還是昨天的事，但今天她突然看見花朵已是撲面而來了，她驚嘆一夜之間世界就變化了那麼多啊。

　　花一開就有蜜蜂的嗡嗡聲，老遠也能聽得見，從有花的樹上漸漸傳來，像細碎的水波紋，在暖和的陽光下變幻無常。一隻蜜蜂在撒韻面前定定地飛了片晌，像認定了她似的，她感到有些害怕，吹了一下氣，牠就借勢飄蕩而

去，一下子飛遠了。

　　撒韻從鍬頭上拿起手套戴上，手套下面的陽光突然躍上來刺傷她的眼睛。她戴上了手套坐著，翻出來的泥土已經風乾，她側耳向果園外的農路聽了聽，心想不知道馬紹又會找來怎樣的疏果師傅來，這一分對未來的憧憬，讓她覺得新奇，隱隱有一絲期待。

6 小秘密

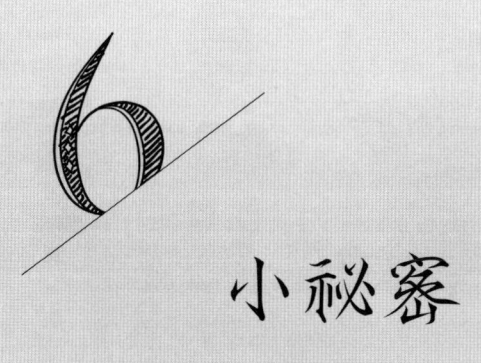

記得那天晚上拉拜來了。

她問：「他去哪？」

我當然知道她找的是誰。我說瓦歷斯傍晚就出門了，他跟部落那些年輕人到後山的獵場打獵了。她一臉失望，丟了魂似的立在那裡，接著惋惜地說：「這個人真是的，都說好的了！」

「不然明天早上再來吧！」我說，「明天他才回來！」

「不來了，叫我來我就來啊！」她有點惱怒地說。

「欸，那你怎麼沒跟他們去呢？」

「我很怕黑。」

其實我想說的是我怕森林裡的utux，在我想像中，黑夜就是鬼魂的世界，在每一個黑暗的角落，都有祖先的靈魂飄蕩其中。

她在房裡轉了轉，像初次參觀陌生人的房間那樣充滿了好奇。其實她常來的，房裡的一切擺設，她再熟悉不過了。所以她拍了拍瓦歷斯的床，將那皺褶的被褥拉齊，然後疊好。骯髒油膩的枕頭旁有件牛仔褲，她拿到鼻下聞了聞，說：「怎麼那麼臭，幾天沒洗了？」

我打趣地說其實還很乾淨的，「如果你覺得有味道那就洗洗吧！」

「喂!拜託你一件事,陪我去好不好?」她坐在瓦歷斯的床上,笑嘻嘻地說。

「陪你去哪裡?」我說。

「陪我去後山的小溪洗澡,就那個溫泉。最近好冷,也好久沒泡了,全身上下一直感覺哪裡在癢。對了,那裡也可以順便洗衣服的。」

「還是等瓦歷斯吧,他明天會在的!」

「明天不行,我那個……,唉!你不知道啦!」她支支吾吾,「你人那麼好,就陪我去一下嘛!」

她要找的瓦歷斯,是我哥,我跟他睡一個房間。她是瓦歷斯的情人,她住在下部落,我們住上部落。

她長得不算美,還有點黑,不過脣紅齒白的,笑起來臉上總流露一種模糊的情意。我一般不太敢正視她,因為那雙眼睛亮得扎人。

我真不懂如何拒絕女生,特別像她這樣的。我一點辦法也沒有,只好答應了。她挺高興的。

「喂!你有什麼要洗的嗎?」

「我自己隨便洗沒關係啦!」

其實我有條跟瓦歷斯一樣的牛仔褲,但我的髒多了,拉拜居然還嫌瓦歷斯的,我的如果讓她幫忙洗,我會感到自卑的。

說好了，我們約在村道路口的那棵老榕樹會合。

連同那件臭褲子，瓦歷斯穿過到處扔的衣物拉拜都裏一團帶走了，她說還要回家拿點東西，我也要餵一下豬。

女生泡溫泉比較麻煩，不像我們男生一條毛巾就行了。夜間氣溫確實很低，我披了件外套，套上已經暗黃的長筒膠鞋，餵完豬，就出門了。

外面一片漆黑，只有月亮掛在那裡，拉拜已在路口那樹下等候。淡淡的月色穿過枝葉，斑斑點點灑在她身上，有一種朦朧的美。遠遠地看著我走過去，她點亮手上的手電筒，晃了幾下，然後從地上端起一個塑膠臉盆，自己先走在前頭了。

我們一前一後，隔了兩公尺，往後山那個方向走去。

那是條山林小道，我們得彎彎曲曲穿過叢林，然後再上上下下越過幾座小山坡。小道兩側林木蓊鬱，林子裡有貓頭鷹、穿山甲、白鼻心、毒蛇一類的飛禽走獸，時常也有山豬出沒，所以夜裡黑糊糊的什麼聲響都有。有一年夏天，部落有個女的被人矇住眼睛，拉進了林子裡，直到凌晨才半裸著身跑回部落。純樸的部落發生這種事，真是駭人聽聞。後來案子破了，那段時間再也沒哪個女的敢單獨在夜間行動，不過她們照舊還是熱愛溫泉，樂此不疲。這

個時候,部落的男人就派上用場了。當然,也不是每個男的都有這份殊榮,若不是瓦歷斯去打獵,哪輪得到我來當保鑣,來陪拉拜泡溫泉。

　　拉拜和瓦歷斯是小學同學,但他們之間並沒青梅竹馬那一回事,甚至還彼此厭惡。是到大了點,也就是高中畢業後,回到部落打零工的砍菜班才好上的。我後來其實也進到了砍菜班,但我就沒那麼幸運了,加上我個性比較內向,所以迄今仍沒遇上一個女的來找我商量愛情。

　　經過小山坡那片林子時,拉拜放慢了腳步,她有點害怕,就跟我挨近了些。我們前後兩根手電筒的光柱有時交錯在一起,有時分道揚鑣,我們走動的身影被光線投射到高大的樹冠上,樹冠看起來就像颳著大風而猛烈搖晃,正因如此,每棵樹彷彿都變得很巨大。穿過了林子,她忽然加快腳步跑動了起來,看那身姿,真像隻漂亮的梅花鹿在夜間跳躍。藉著月色獨有的清光,再走幾步,就能看見山坳處一間孤零的小石屋。我在後面也跟著跑,跑得氣喘吁吁,老遠就聽見「哐噹」一聲,石屋的門關上了!

　　沒想到這個小山坡的強風說來就來,在石屋門外,我開始咳嗽,一陣一陣的使我上身顫動了起來,大概是剛才一路小跑被冷風嗆到了。置身於此,我有點後悔。我想到自己為什麼不跟瓦歷斯去打獵呢?並不是我真的怕黑,黑

又有什麼呢?實情是,我不太舒服,喉嚨幾天前已開始發炎。但我不想對拉拜說出實情,否則她會認為我是故意推託,不想幫她忙了。關鍵是,陪伴一個漂亮女生來泡溫泉,一直是我夢寐以求的事,我怎能錯失良機,所以我得忍著。

石屋門前是兩個石凳,供人坐以等待。早年的老人家發現此地有熱水冒了出來,形成一水漥子,那時還露天的,他們只要脫去外衣就下水洗澡,跟在溪裡摸魚捉蝦差不多。後來這裡蓋了間簡陋石屋,用竹製導水管從泉源引出溫泉水,屋裡再簡單圍了兩個池子,磚頭砌的,一冷一熱,顯得渾然天成。從地底冒出來的熱泉,見者有份,不能獨享,誰想來泡就來泡。不過必須講究的是先來後到,因為屋裡空間侷促,先來的把門一關,後到的就坐石凳上等候。石屋離村子有三四公里路,得爬上小坡還要穿過林子,冬天裡,願意頂著冷風摸黑跑來泡溫泉的其實很少。所以拉拜不必在外頭等待,一到就把自己關在裡面了。

我坐在石凳上,仍然止不住咳嗽。我用手電筒照了照溪邊的岩壁,在夜間顯得斑駁靜謐,像幅巨大的畫。夜晚的山風吹得呼呼直響,周圍的各種響動都傳到了我耳邊,挺豐富神祕的。這個時候石屋裡傳來「嘩啦嘩啦,嘩啦啦」的聲音,這是拉拜在放水?過了一會兒靜了下來,她

又在幹嘛呢？我的想像開始馳騁，是在脫衣服？「嘩啦嘩啦，嘩啦啦」又來了，這大概是往身上潑水的聲音。石屋的門緊閉著，聲音不是很清楚，隱隱約約的。

說實話，那晚我的角色有點尷尬，但我得說一個更為尷尬的祕密。

有一次，下了一整天的雨，砍菜班沒出工，我到隔壁村溜達找朋友，中午回來路上全身濕透了。到了家，我注意到門閉鎖著，便掏鑰匙開了門，想進房間換件衣服，門一開，我看見瓦歷斯裸身躺床上。他頭髮相當凌亂，慌張地衝著我說：「回來啦！」，口氣不是很好。我邊找衣服邊說：「大白天睡覺把門鎖起來幹什麼？」他沒接話，表情很怪異。這個時候我才猛然發現床上還有個人，全身緊緊搗著棉被，嚇了我一跳。我又看了床下，有雙小巧秀氣的鞋，鞋邊還有胸罩和內褲。那一刻我人整個呆掉，不知如何是好，只好掉頭就走出去，再把門拉上。

那時屋外還在下著濛濛細雨，我站屋簷下，身上衣服濕淋淋的，就這麼等著他們。過了不久，拉拜才躡手躡腳地走出來，已經穿上了衣服。看見我站門邊，她似乎感到很羞愧，臉唰的一下紅了，不說話，低著頭冒著雨跑了。

現在知道為什麼拉拜說我人那麼好了吧。我人就是這麼好。

外面真的太冷了,我耐著寒風瑟縮在石凳上,頓時感到很懊惱。我又想到此刻瓦歷斯的情況,如果跟他們去,應該會比這裡好一點吧。我其實去過一次,跟一個老獵人和幾個年輕人,在山裡繞來繞去的,把我雙腿折騰了一夜。老獵人畢竟是老獵人,經驗豐富,從頭到尾都是他領頭射擊,於是清脆的槍響在寂靜的山谷中不斷迴盪。他並不時轉過身用頭燈照應我們,深怕我們一個不小心就墜落山崖。最後走到山腰那間獵寮裡,老獵人熟練地生起了篝火,親自料理了一鍋飛鼠湯。那個味道啊那個香,我至今難忘。如果現在來一碗熱騰騰的飛鼠湯,不知道有多好。

　　女人洗澡真的比較麻煩,可能出的力道小,身上曲曲折折的地方又多,所以她們將自己搓洗乾淨相當費時。我在石屋外有段時間了,咳也咳了半天,石屋裡終於沒了聲響。忽然石屋的木門「吱呀」一聲,開了!

　　「喂,你沒事吧!」

　　她從裡面伸出頭問我。我說沒事,今晚風真大啊!

　　「你是不是不舒服?怎一直咳?」

　　「沒什麼啦,要回去了嗎?」

　　她說再等一下,還要洗一段時間,瓦歷斯的褲子比較不好洗。女人就是這樣,瑣碎的事都要特別細心。不知道為什麼,直覺告訴我拉拜是個很會過日子的女生,即便只

是洗衣服。

「你真的沒事？」

我仍舊回她沒事，同時心裡感到一股暖流，真的，從來沒人這樣關心我。所以，我得把咳嗽忍著，但哪裡忍得住？仍然連續不斷，我一點辦法都沒有，似乎愈來愈嚴重。我自己覺得這沒什麼，但拉拜已經受不了了，她從裡面跑了出來。

「你這樣咳很嚴重耶！」

她輕輕推揉了我幾下，說進去吧，我扭捏著不太好意思，但我還是進到石屋裡了。她說洗好澡了，沒關係的。我害羞地走了進去，裡面沒一點風，熱氣蒸騰，像個仙境，溫暖多了。

我就坐在水池邊的矮石條上，陪拉拜洗衣服，裡面當然沒電，比較漆黑，我的手沒閒著，她讓我左右手各拿手電筒照一照。她說洗澡摸黑沒什麼，但洗衣服就得看清楚哪裡髒了，不然洗不乾淨。這樣，我就有事情做了。

拉拜放了半池熱泉，把要洗的丟到裡面浸泡。她挽起袖子，捲起褲管，手腳因而露出一大截，手電筒一照，白皙耀眼得像一片雪。她在那些衣物上使勁踩踏，然後撈出來，在池邊粗糙的石階上反覆搓揉。她吩咐說照一下照一下，我就立即照一下，不敢怠慢。等她說可以了，我就關

卷6 小祕密 133

掉手電筒。說也奇怪，進到石屋後，我居然不怎麼咳了。

忽然間，她停了下來不搓洗了，「你別動，聽！」她眼珠左右轉動，緊張地說。

有一道強光從門縫閃了進來，在屋裡牆上一晃而過。我們側著頭屏息聆聽，風中夾雜著各種聲音。不是獸類，是人。有腳步聲，還有說笑聲，大概五、六個人的樣子，漸漸向門口逼近。可能是門半掩著擋風，還有拉拜的搓洗聲太大，我們一直沒注意外面的那些動靜。

拉拜站在池中愣了一下，然後輕手輕腳地爬出水池，踮著腳跑到門邊悄悄地把門壓緊，輕輕再掛上門栓。

「怎麼了？」

她把食指貼在脣邊，向我「噓」了一聲。

「不要出聲！」她小聲吩咐。

我起先不懂拉拜為什麼要關上門插上鐵栓，我被她這般莫名的舉動搞迷糊了。後來我理解到，也許我們沒其他辦法了，嗯，這是唯一的好辦法。如果她一直在裡面洗澡洗衣服，我則一直坐門外的石凳上繼續咳嗽，這樣的話，什麼事也沒有。但我們現在一起待在石屋裡了，在黑洞洞的池裡做什麼呢？洗衣服？洗衣服之前幹了什麼？這在外人看來，絕對是個疑問。說不定就像我撞見瓦歷斯在房間那次，在床上做的那些一樣。我倒是不要緊，她不行，她

是女人,是個已有男人也就是瓦歷斯的女人。所以她果斷地關上門,免得讓人看見了背後說閒話,部落的人最愛講別人的是非了。

外面的人開始敲門,「砰!砰!砰!」

「喂!喂!裡面的快一點!」

我和拉拜面面相覷,黑暗中當然看不清彼此臉孔,但我可以想像她臉上的驚慌。

居然有個聲音特別像瓦歷斯的。

「你不是說瓦歷斯明天才回來?」拉拜小聲地問。

我說我不是很確定,也許外面那個不是瓦歷斯,只是個聲音像瓦歷斯的人,但也可能真的就是他。他們在山裡打獵,一般不到天亮是不回來的。或許他們臨時改變了計畫,天氣冷啊,不去打獵了。再說我們打獵的禁忌很多你是知道的,也許出了這樣那樣的情況,讓他們心理上感到進退兩難。他們現在身上肯定都是汗臭味,來到這裡了,乾脆泡一泡溫泉,放鬆一下。按部落的習慣,他們敲門是對的,是在提醒裡面的人外面還有人在等候。

「你打算怎麼辦?」我問她,「出去見瓦歷斯?」

她沉默了很久,很為難的樣子。

「不能出去!」她說,「別管他了!」

「這樣可以嗎?」

「管他們的,當然可以。我們不開門他們就進不來,他們再笨也不會在外面守一夜的,外面多冷啊!」

「真不知道他見到我們這樣會怎樣?」她喃喃地說,「你哥愛吃醋呀!」

她拉了拉我外套,讓我坐回那池邊的矮石條上,然後跳進池裡,繼續洗衣服。

我沒更好的辦法,也只能依照拉拜的方法做。我心想這個瓦歷斯也真是的,好好待家裡等你情人你不要,非要去打什麼獵。你要打獵就去打獵,怎麼偏偏跑到這裡來了。我頂著寒風咳半天嗽陪你的相好摸黑在這池子裡也就算了,現在就是想走也走不開了。真是尷尬。我跟你的女人關在這漆黑石屋裡,你以為我會做你們在床上做的那些事?沒有,就是幫你洗褲子洗衣服。但這樣的事說給鬼聽都不會信,事實就擺在眼前。

拉拜一聲不響,認真洗剩下的衣服,我坐旁邊靜靜陪著。外面那些人剛開始還很鎮定,坐在那石凳上聊天,不時傳來嘻笑聲。其他幾個聲音都很陌生,讓我想不起是誰,就那個聲音特別耳熟,怎麼聽就怎麼像瓦歷斯,愈聽還愈像。當然,那聲音也不是很清楚,因為在門外,外面風大,加上裡面的嘩啦嘩啦聲,就是咳聲也難以辨別。

他們終於忍不住了。

「砰！砰！砰！」他們再度敲門，「砰！砰！砰！」

「裡面的，幹什麼啊？」一個人扯開喉嚨喊！「都泡半天了！」

我知道老半天了，但看情形這還早呢，我們比你們還急呀！

拉拜放下手裡的衣服，騰出一隻手來，回過身在我小腿上輕輕地捏了一下。我明白她的意思，是叫我別回應，我們要沉住氣！

於是他們不耐煩了，鼓譟了起來！

「裡面的，是不是睡著了？」他們氣呼呼的說，「馬的，快出來，泡完就換人啦！怎麼可以獨占？」

他們開始用腳踢門，一個一個輪流上，石屋的門被他們踢得砰砰作響！好在那個門是土製的，用的是相當厚的木板，特別沉重特別結實。別說輪番上陣踢，就是五、六個一起來也沒用，絕對踢不開，也踢不破。

這時拉拜已經洗好瓦歷斯的褲子，爬出石池，跟我一起坐在矮石條上。我們默不作聲，也不理會外面那些人，我們不會暴露我們是誰的，我們很有默契。

我還沒跟哪個女孩靠得那麼近過，而且是在黑暗中。拉拜的身上有一股清香，她剛用熱水和肥皂把自己洗得乾乾淨淨，連頭髮都洗了，我想這個時候的女生最香了。我

忽然有個想親吻她的衝動。

那些人暴跳如雷,他們聲聲盡是咒罵,說這是哪個王八蛋這麼沒有良心,這麼冷的天這麼大的風,自己關在裡面泡湯快活,就不管外面的人凍得半死啦!這哪裡是在泡湯啊?男的女的脫掉衣服做那個事情都用不著那麼久!泡什麼湯?泡你媽的湯啦?趕快出來!

這個時候那個聲音像瓦歷斯的就說,「這個王八蛋一直不回話,很難溝通,根本是要跟我們過不去,是不是漢人?我們抓他出來,把他的那個割下來!」

拉拜壓低嗓子嗤嗤地笑,我手肘碰到了她,她肩膀抖顫著。

我趕緊伸手摀住她的嘴。

「不要出聲啦!」我小聲說,「會被聽到!」

她搖了搖頭,把我的手掌甩開,說:「你膽子那麼小,沒事啦又不會怎樣!」

她還是忍不住又壓低了笑聲,說這樣真好玩。我說:「我們把他們惹火了,不好玩啊!」

如果是我一個人待在外面,我肯定也像他們罵罵咧咧的,但罵完一定掉頭走人。人多了就不一樣,五、六個人興致高昂地來泡湯,白白灌了一肚子冷風,等了半天一點熱水也沒沾到,那簡直太掃興了。

那幾個人很能磨時間，暴跳如雷後，沒什麼用，他們態度轉向緩和。他們湊到門縫向我們喊話，問裡面的到底是誰，怎麼像啞巴一樣一句話都不說，搞了半天只有潑水聲，聊幾句嘛！

外面那幾個當中，就那個聲音像瓦歷斯的最會說話。他不慌不忙，像對待情人那樣隔著門展開溫情攻勢。他說：「裡面的會不會憋著太悶了，出來透透氣啊！你是上部落的還是下部落的？說話嘛！你不開門也沒關係，我們這樣聊天也行。外面很冷餒，你在裡面那麼溫暖，我這樣跟你說話就能感受你的溫暖，大家都高興，你說是不是？你說點話啊！喂！」

拉拜身體向前傾了一下，有股想說話的衝動。我說：「你可要想清楚嘿！」

她笑了笑，說她知道，還說：「你哥瓦歷斯就是這樣，很會哄人！」

就這樣，勸說無效。外面那些人又開始咒罵，我們的爸爸媽媽爺爺奶奶都讓他們罵完了，終於也罵累了！

「算了算了！」他們說，「這個王八蛋可能泡湯泡到心臟麻痺啦，死在裡面了！不管他了，讓他關在裡面爛掉好了！」

他們又踢門了，一次比一次劇烈，像瓦歷斯的那個聲

音從門縫鑽了進來。

「朋友，太晚了，我們不跟你耗下去了！」

然後外面傳來步履雜沓聲，他們大概走了！

我喘了口氣，剛要站起身，拉拜卻一把拉住我，嘴巴湊到我耳邊。

「等一下，不要急！」她低聲說，「他會騙人！」

於是我們又坐了下來，耐心地傾聽外面的動靜。過了一陣子，果然外面又傳出聲響，窸窸窣窣地在風中響動。他們人多，不弄出點聲音那確實不太容易。原來他們還沒走，就是想把我們騙出去

我們仍然堅持不吭不響，拉拜忽然站起身，抬頭往石屋上面看，我跟著她也朝上看。「糟糕！起來！快點！」她低聲叫了起來。

她拉我的褲管，要我趕緊像她那樣捲起來。然後她一手抓著臉盆，一手拉我跳下石池。石池裡面還有半池泉水，我們淌過池子走到牆邊，身體緊靠在石牆上，筆直地並肩站著。

有一道射線那樣的光剛好在這個時候鑽進了石屋裡。

這個石屋的後牆砌有小石窗，是唯一的缺口，正好在石池的上方。石窗類似通風口，作用是讓水蒸氣洩出去，以免裡面的人悶得慌，因此，石窗永遠敞開著。石窗開口

小，中間還有個木條隔著，隔開的通風口大概一巴掌那樣寬，可以伸進一隻手，卻無法鑽進一個頭。此時正好有隻手伸了進來，握著一個大手電筒，一道閃亮的光柱射了進來，在石屋裡四處亂晃。

他們一定是氣炸了，叫不動裡面的人，也非要知道裡面的到底是哪個傢伙。不過他們要從石窗看清人也不容易，因為石屋的後牆有條小水溝，一個人攀不到窗口，要兩個人合作才行，也就是說其中一人得站在另一人的肩膀上。

拉拜真是機靈，她注意到有光線在窗口閃過，立刻就意識到那些人的伎倆。她拉我跳下石池，是因為我們坐的矮石條就在石窗對面的下方，手電筒一照，我們就曝光了。現在我們貼著牆站在石池裡，石窗就在我們頭頂上，對窗外的人來說剛好是個死角。他們儘管把手伸進來，可以照得我們身上都閃爍著光芒，但就是看不見我們，他們無論如何是不可能將腦袋鑽進來的。

那道光在石屋裡上下左右晃動了許久，我跟拉拜像在看一場光的表演。

「是誰在裡面，到底？」一個聲音在外面牆下這樣問。

「看不到人啊，馬的！」另一個聲音從窗口回答。

「就在裡面啊，難道會隱形？」

「沒半個人影啦！可能是森林裡的utux！」

「亂講，utux哪裡會潑水？」

然後那道光柱一下溜竄到窗外去了。大概是站在水溝的那個人受不了了，赤著腳泡在冷水裡，肩膀還要扛一個人，那滋味肯定不好受。

我問拉拜：「我們還繼續站嗎？」

她說再等一下。

突然她低聲叫了一聲，有東西從窗口落下來砸到她頭上了。我趕緊抬頭看，額頭也被砸了幾塊。我把拉拜拽出牆邊，也顧不上其他的了，我們迅速淌過石池，躲開了那個石窗。我們聽見噗通噗通的一陣亂響，石窗掉下一堆東西，落在石池水面像小魚上下竄動，聽聲音可能是碎石、泥土、枯樹枝之類的。

拉拜小聲罵了起來：「太過分了，馬的！」

沒想到拉拜這樣秀氣的女孩也能罵出這樣的話，不知道為什麼，我的胸口閃過一絲興奮。我知道她罵的不是我，是在罵瓦歷斯。她這樣罵是因為她的頭髮被弄髒了，落在她頭上的不是碎石，而是比較輕的乾掉的土塊，我用手摸出來的。

我們沒再回去站牆邊，因為外面的人漸漸地失去了耐

性。他們不再用手電筒照個究竟,他們只顧拚命扔東來洩恨。那個石窗太小了,他們跟我們一樣也只有兩隻手,無法兼顧又爬牆又扔東西又使用手電筒。等那些東西都從窗口落盡後,他們終於才善罷甘休!

他們再次踢門,沉悶的聲音再度響起,不過只是一兩聲。他們說裡面的聽著,我們不跟你玩了,你這個傢伙不夠意思,霸占著石屋不出來,真不是人。這大門有個扣環,我們現在就用粗繩把它綁死,誰都解不開的。如果你是utux就能從石窗飛出去,我們拿你沒辦法;如果你是個人你就完蛋了,今天晚上你出不來了。你不讓我們進去,我們就不讓你出來,明天早上不一定有人來喔,你就等到明天晚上,如果幾天沒人來,你就在裡面餓死吧,就這樣,我們走了!

我跟拉拜聽得目瞪口呆,無言以對。

這一次可能是真的,那個門的扣環確實晃動了幾下,然後腳步聲說話聲逐漸遠去,最後一點聲音都沒有了,只剩下風的呼呼不止。

他們果然走了,我們也完蛋了!

拉拜坐在我身邊發愣,有好一段時間。我想像著她委屈的樣子,覺得像有隻手在她心裡揪了一把,扯得她顫顫地感到胸口疼了又疼,繼而她竟抽咽著哭出聲音來了!

「他們怎麼可以這樣？」她邊哭邊說。

我說別哭啊，會有辦法的。不如你先去把頭髮洗一洗，那都是泥土，很髒。

她聽從我的話就跳進池裡洗了起來，還邊哭邊洗。我想到拉拜畢竟是個女的，比較脆弱，面臨如此局面，也會不免心慌意亂。

我開始尋思怎麼從這石屋出去，我知道我們確實不能從裡面解開外面的繩子，我們也無法像utux那樣從石窗飛出去。這間石屋是石頭砌的，身旁沒有鐵鎚和鑿子，我們很難在牆上敲開一個容我們脫逃的門洞。如此看來，我們沒其他辦法了，只能關在裡面，等人來救命。

難怪她要哭。

我試探性地走過去拉了拉門把，神奇的事發生了，「嗚」地一聲，門居然開了！

我們又驚又喜。

「拉拜！」我說，「門開了，根本沒有被綁死，他們騙我們的！」

拉拜慌張地從池裡跳了出來，踩得水面嘩嘩亂濺，她頭髮沒來得及擦乾，就拎起臉盆往門口竄去。

「快走！」她叫嚷說，「我們快點出去！」

我在石屋外按亮了手電筒，她還看著那扇厚重的門

板,兩隻手在心口輕拍著。

「呼,嚇死我了!」她吹了一口氣說。

她被嚇得不輕,我用手電筒照了照她的臉,除了淚水反射的微光,還有幾分驚懼,一副楚楚可憐的樣子。我突然又有股衝動,想抱住她給她一點安慰,但我知道這是不對的。

我們沒有想太多,只想趕快離開。我們晃著手電筒,飛快地離開石屋,穿過那片黝黑的林子,跑過小山坡。才剛跑下小山坡,拉拜停下了腳步,搗著肚子靠在一棵樹的樹幹上,不停地喘氣。

「我跑不動了。」她呼出一口又一口白氣,痛苦地說,「我肚子開始痛了!」

我在那片林子又開始咳了,一路上的冷風總也颳不停。我一手拎著拉拜的臉盆,一手扶著她往前走。我說我們腳步要快一點,這裡會有山豬出沒。她掙扎著說再也走不動了,我只好將她背了起來,還好她不重。直到穿過了林子,她才緩過氣來,在我背上說她可以自己慢慢走路了。那時她告訴我肚子好點了,我問她為什麼不能明天再泡溫泉呢?原來她每個月肚子都會痛一次,她要在這之前去泡一泡。

在星空下,我一路咳個不停,我陪著拉拜走過村人栽

種的小米田，走過那條水聲潺潺的小溪，再到她所住的下部落，路上我們都沉默了下來。當時已經深夜，月亮不知道跑哪去了，我陣陣的咳聲驚動了一片狗吠。

　　她要進家門前，輕輕拉住了我。她說今晚的事不要告訴別人，尤其不要告訴瓦歷斯。然後她進了門轉頭最後說：「鐵木，謝謝你今晚陪我，我如果先認識你就好了！」

　　她淚光閃閃地看著我，我趕緊將臉看向一旁，那雙眼睛總是那麼明亮，那麼迷人。

　　我疲累地回到家，發現瓦歷斯還沒回到家。隔天我去砍菜，傍晚才看見他躺在床上，一臉倦容，樣子有些沮喪。我沒提起石屋，也沒談到拉拜，我和拉拜那天晚上的經歷，我當然更不會說出來。

　　十多年過去了，遺憾的是他們最終還是分開了，因為拉拜必須幫忙負擔家計，到了繁華的台北謀職。我跟瓦歷斯後來也相繼離開了部落，到一個鎮上謀生，綁鋼筋、扛磚頭，做這些相當勞累的工作，好在我們都能在都市叢林中自立自強，現實生活還不至於把我們逼向死路。

　　上個月我帶幾個朋友回部落走走，順便去了一趟那間石屋，我驚訝地發現那條小山道已鋪上了柏油，附近也蓋了幾座度假村，據說是某政要投資的，其中有些說不清道

不明的關係，大概是官商勾結吧，這在部落已不是什麼祕密了。不過最近有商家非法招攬遊客，使得部落原有的秩序和環境都破壞殆盡，令人不勝唏噓！

度假村裡有精緻的溫泉設施，可供百人以上使用，看起來相當豪華。我特地還到裡面泡了一次，說實話，並不怎麼樣。

因為已經沒有當年那個女孩身上的肥皂香。

要說的是，我始終不知道那天晚上石屋外的那些人中是不是有瓦歷斯，也不知道如今遠在台北的拉拜，會不會偶爾還想起那個晚上，以及我們之間的小祕密。

7 伊萬的跌躓

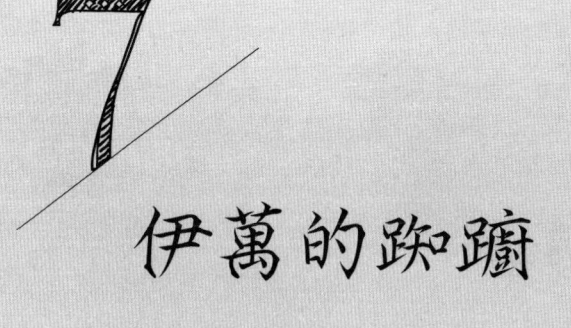

從市區一路爬上來的公車，在角板山這個終點站停了下來。幾個男人像野狗撲向肉骨般，紛紛鎖定從車上下來的遊客。他們扯開嗓門不停問，帥哥到哪裡？美女，坐我的車吧，算你便宜一點。不到幾分鐘的時間，肉骨很快被瓜分掉了。有個戴眼鏡的中年人，模樣看似外地來的，被一個下巴滿是鬍渣的男人拖著走了很遠，雙方一拉一扯，一時難分勝負。結果中年人停了下來，厲聲喝斥說，我是本地人，這樣拉扯幹什麼呢？鬍渣男這才鬆開手，說，你到哪一村？我也算你便宜。

中年人遠遠看見路邊的伊萬，便拎著行李來到她跟前，說了新村這個地名，便上了她的車，伊萬也報了個公道的價格。臨近中午，路上來來往往的車輛很多。經過入山口的標誌時，中年人提醒伊萬，山路請開慢一點。伊萬連說沒事的放心，你就坐好了。駛入山區一段路後，伊萬說道，原來你是新村的，看你戴眼鏡很斯文很體面，應該是在外地做大事業吧？中年人謙虛地說，哪是什麼大事業，就是在外面做鷹架工，賺一點了拿回來養家。中年人接著問，剛才的入山口為什麼還沒有紅綠燈，這三叉路的車流怎麼舒緩？伊萬回答說，曾經有過，但出過一次嚴重車禍後，就又拆掉了。中年人感到納悶，有了紅綠燈怎麼會出意外呢？伊萬也覺得這個問題很奇怪，不過有了也沒

用，誰都不習慣，沒有紅綠燈時，從來就沒出過事。中年人沉默了下來，覺得這真是一個值得深思的問題。

到了目的地，中年人覺得伊萬人很親切，又專業，一個看起來柔弱的女人還開計程車，真不簡單，就多付了一百塊。伊萬卻擺擺手，執意退了回去。中年人回頭向伊萬要了手機號碼，說下次還要坐她的車。這個沒問題，伊萬覺得中年人真是一個善良又大方的同胞。

回到角板山，伊萬來到街上一家餐館，那是她婆家一個親戚開的店，每天中午她都到這裡解決午餐。此時店內有兩桌人在喝酒，親戚正忙著翻炒山豬肉，鍋裡滋滋作響，廚房裡煙霧繚繞。伊萬站在瓦斯爐旁，看著燒得正旺的爐火，內心卻感到很平靜。那火焰讓她想起三年前死去的丈夫了。他參加義消隊，在一次救火任務中意外被活活燒死，是幾個同事把他從大火中扛了出來。伊萬見到丈夫時已是一具焦黑人形，上面還有火苗在燒。突然間，她的臉頰像被火舌舔了一下，她知道，那一定是她丈夫的魂魄。伊萬摸著火燙的臉，就叫了份炒飯到車上吃，這樣既不打擾親戚做生意，又可以照料到自己的，有人要搭車的話，只要蓋上飯盒就可以出車了。

不久前，伊萬在一處觀光景點載客，那裡公車到不了，生意特別旺，賺的錢比現在多出好幾倍。自從她兒子

比令上了小學,才把路線移到這裡來,一來接送孩子方便,二來離家也近,不過十分鐘的路程。不過這裡的生意很難做,才一個巴掌大的地方,就有五六個人來搶,現在更有接駁車的集體出動,生意就愈顯艱困了。為了一點蠅頭小利,大家相互暗算攻擊不說,有時甚至還大打出手。她親眼見過有人拿尖刀朝一輛車的輪胎猛扎,直到爆胎為止。她自己的輪胎就換過二次了,開始以為是那個人所為,可是後來她發現,這裡每個人身上都揣著利器,於是伊萬很少跟那些人打交道,都躲他們遠遠的。

　　一般來說女人開車比較謹慎,車速也不會太快,重點是不會亂喊價。所以主動找伊萬的客人不少,但有幾個漢人老起鬨找她麻煩,硬是把她的客人趕跑或強拉過去。伊萬實在忍無可忍了,就當眾罵了起來。他們覺得好玩,就語帶輕佻跟她對罵,有時還穿插性意味的言語。這時一個叫老李的通常會跳出來解圍,伊萬覺得這個人還不錯,兩個人的話就逐漸多了起來。

　　吃過中飯,老李賊一樣就湊了過來,逕自坐進伊萬車上來。他說我們要不要找個地方休息一下,伊萬還沒明白這話是什麼意思,就看見一千塊塞到她手裡。伊萬氣得渾身哆嗦,直喊滾,給我滾出我的車,什麼東西啊你這個老不修,把我當什麼了!

伊萬把自己鎖在車裡，默默看著車外的行人。不遠處又來了輛公車，車上的遊客陸續走了下來。她心裡一直有個隱密的念頭，覺得丈夫始終沒死，而只是離開村子去外地工作，她渴望有那麼一天，她的丈夫會從公車上緩緩走下來。

◇◇◇◇◇◇◇

　　傍晚時分，餘暉染紅了山頭，啞吧鐵木走在田間小徑，手抓著鐮刀。現在，整個村子似乎就只剩這把鐮刀了，也只有一個啞吧。鐵木身後是火紅的夕陽，他緩緩走來像從遠古走來的舊物，正如那把鐮刀，銹跡斑斑。

　　村裡人都知道，鐵木是天生做農的料，以前農閒時，他曾去工地搬水泥和鋼筋，不料一次鷹架上掉了個磚頭，硬生生拍在他頭上。那塊磚頭將他徹底砸成了另一個人，此後再也沒人找他去打零工了。所以他只能下地，只有地裡的作物聽他的使喚。現在的人都懶了，翻地、施肥、採收幾乎都用機器，花錢省事，鐵木卻還彎著腰操起鋤頭、鐮刀，在地裡揮汗如雨。一下地，鐵木比誰都勤快，也俐落，他就是機器，想停下來都不行。確實，他種的作物比誰家的都要好，苗壯根粗，果實飽滿。他還沒娶老婆，但

村裡人都認為那幾塊地就是他老婆，那些作物就是他的孩子。

經過村口的雜貨店，有幾個人在喝酒聊著什麼。哈勇攔住了鐵木，要跟他比手腕。有什麼好比的呢？鐵木比劃著手勢，意思是你根本不是對手。但哈勇堅持不讓路。鐵木只好把鐮刀丟一旁，趴在木桌擺好了架勢。結果一交手，哈勇又輸了，旁人嘲笑他，想跟鐵木比力氣，你還是回家吃三年的飯吧。鐵木看著大家張著大嘴笑，他也覺得挺興奮的。

在村裡，誰都喜歡跟鐵木聊幾句，鐵木不懂什麼專業手語，只是用最明白最直接的手勢搭配模糊的噢噢聲應對，別人有時不解，意思就難免南轅北轍。但看著鐵木手舞足蹈的模樣，大家也會像猴子一樣瘋狂地蹦跳起來。

哈勇忽然指著鐵木的褲襠說，你力氣這麼大，不知道你那裡是不是也一樣？鐵木看了看自己的下身，大家又都笑了。

瓦旦對鐵木說，你大嫂那麼久沒有男人了，你有沒有心動過，要把握機會啊！他邊說邊用手指模仿了個性交的動作。大家也跟著搭腔，是啊是啊，千萬別讓外人占你大嫂便宜，反正你大哥死了，你接著把她當老婆也不錯，反正還是一家人你說是不是！

哈勇截住大家的興致說道,誰說鐵木沒有老婆,他那幾塊地就是他老婆,我親眼看過鐵木趴在他的田地裡。大家一聽覺得新奇,紛紛問怎麼回事?於是哈勇現身說法,兩隻手掌撐在地上,屁股上下運動著。鐵木以為是要比伏地挺身,也開始趴了下去。沒幾下大家噗哧爆笑了起來,笑得腰都彎了,也有的笑得眼淚都擠了出來。這時鐵木的手機從口袋掉了出來,他忽然感覺到不對勁,看他們臉部都扭曲變了樣,便站了起來,撿起手機和鐮刀走了。

　　鐵木拐彎走上另一條村道,手機響動了起來,他看著手機螢幕有個簡訊,是那個漢人老李傳來的,說晚上約在角板山一家麵攤,順便喝幾杯。鐵木擦了擦手機上的草屑,這是他大哥死後留給他用的,雖然樣式陽春,但如今這是唯一能讓鐵木懷念大哥的遺物。手機曾被哈勇他們搶奪過去,並且取笑他,拿手機有什麼鳥用,又沒有女人找你,就算有人找了,電話打來你可以講話嗎?對於這些,一向憨厚的鐵木從來都不計較。

✧✦✧✦✧

　　當然,村裡也不是沒有好男人,伊萬覺得尤命這個人就很善良,但懦弱、溫和。他信基督,非常虔誠,年輕時

吃了不少苦，現在什麼事都看開了，他覺得有上帝在保佑著他。他勸伊萬也去信教，這樣所有的苦難就能獲救了。也許是家庭保守的關係，伊萬自小不信什麼宗教，她只相信自己的祖靈。如果有神，她覺得比令就是她的神，為了兒子，她可以像條狗一樣活著，願意一輩子為他犧牲奉獻。

　　下午搭車的人少了，伊萬就和擺攤賣水果的吉娃絲聊天。吉娃絲準備在村裡蓋一間二樓房，給兒子婚後入住。眼下每個村子都像競賽般紛紛蓋起了樓房，樓房一間間蓋起來，一個樸實的村落搖身一變就成了一座小城鎮。自來水、馬桶、瓷磚、有線電視……，就跟山下的市區沒什麼區別，生活都現代化了。吉娃絲勸伊萬也趕快蓋房子，錢不能老留著，留著留著就沒有了，像變魔術一樣。伊萬當然知道這一點，但那筆撫慰金，是伊萬忙前忙後努力爭取到的，一拿到就攢到婆婆手裡去了。當時婆婆就聲明，這是用我兒子的命換來的，怎麼可以隨便花，要存起來以後當比令的學費。吉娃絲說你真笨啊，那是你婆婆怕你跑了又嫁人，想綁住你。伊萬想對吉娃絲說，為了孩子我可以忍受一切……，她欲言又止，想到這裡她就覺得心裡酸酸的，怕說出來眼淚會掉下來。這時，那個中年人走過來了，吉娃絲用肩膀推了推伊萬，說找你的人來了哦！

中年人坐上了車，伊萬發動了車子，緩緩開出了角板山，一路向新村駛去。快到新村時，伊萬注意到危崖邊的小溪窄窄的一道，呈灰白色，似流非流的樣子。往那水潭一看，都是泥沙淤積，不復往日的景色了。沿途有塊地準備蓋民宿，目前被磚頭砂土盤據，其間夾雜著農地，現在是水蜜桃的採收季節，卻給人一種荒蕪的感受。他們一路上沒有說話。

　　早在幾個月前，中年人就搭過伊萬的車，她看著他從公車上下來，高大，背有點駝，眼神有種說不清的憂鬱。他第一次搭車時還比較熱情，後來就愈顯淡漠。坐進車裡，伊萬試圖想跟他聊點什麼，但他始終保持沉默，也許有什麼心事壓在心底，才導致他給人某種疏離感。過了幾天，中年人又出現。一樣的裝扮，一樣的眼神，兩人也只有生意上簡單的對話。新村。兩百塊。說完伊萬就一路往目的地奔馳。伊萬其實是個外向的人，什麼客人都能聊得來，但碰上他，卻怎麼也開不了口。耳邊只有引擎轉動聲，車內過於沉悶，伊萬甚至以為自己開了空車，回頭看了看他，他正閉目養神，也許他真的太累了。伊萬忽然覺得車上的人就是她丈夫，在外地漂泊了三年，甚至更久，他有滿肚子的委屈憋在心裡，正等著回家跟她一一傾訴。她被自己有這樣的想法嚇了一跳。

不知是有意還是無意，之後中年人都會主動搭她的車，伊萬已經不記得這是第幾次載他了，第五次還是第六次。一看到他，她的胸口總是噗通噗通的，但她不想讓人看出來，剛剛吉娃絲說話的腔調讓她感到很尷尬，所以今天她不想載中年人了，但他已經坐到車裡去了。

　　到了中年人的家門口，伊萬把車停穩。他下了車，掏了掏口袋，說不好意思，我的錢不夠，我進家裡面拿，你等我一下。說著他進了家門，門也不關上，虛掩著。伊萬等了半天，也不見他出來。她望著門口自言自語，難道這兩百塊也不給了？算了，下次再跟他提醒也不遲。但他為什麼不出來呢？那個虛掩的門是不是他設下的陷阱？是不是想引誘她進去，然後謀財害命，甚至……，一連串的疑惑在伊萬心裡響盪。虛掩的門是祕密，屋內的那個男人也是個祕密。

　　伊萬索性下了車，穿過院子時她跨過了曝曬的桂竹筍，一股山林的氣味瀰漫著。她來到了虛掩的門口，她不知道怎麼稱呼中年人，就小聲喊了句：噯……喂，你在裡面嗎？屋裡沒有回應，中年人卻從側門端著碗走了出來。看到伊萬，他連聲說對不起，我忘了你還在等我，真的不好意思！他碗裡的湯汁溢了出來，看得出來他在為誰準備吃的。

中年人再次進到屋裡，伊萬也跟了進去，她聞到一股腐敗的氣味。眼睛適應屋裡的光線後，伊萬看清了客廳的擺設，那些家具應該是他新婚時買的，是當時很流行的款式，跟她家的一樣，但現在看上去已經過於陳舊。伊萬猜測他應該也有孩子了，說不定跟她的比令一樣大。這時他拿了兩百塊遞給了伊萬，說了聲謝謝就轉身進了間臥室。伊萬側著身感到好奇，目光往臥室裡想探一個究竟。

　　房裡床頭坐著一個女人，在小聲呻吟著。中年人開始餵她喝湯，喝了兩口吐了一口，她胸前的毛巾都濕透了。大概才喝了半碗，女人把碗推開。那中年人站起了身，站在床邊，垂下頭，像在為女人默哀一樣。伊萬看清了女人的模樣，臉頰瘦削，因為瘦顯得有點蒼白。女人似乎剛剛才意識到有外人在，臉色立刻明亮了起來。她奮力抽出身後的枕頭，遞給了伊萬，又做了個搗臉的動作。伊萬一時不解這是什麼意思，中年人就小聲解釋說，她是想叫你用枕頭把她悶死。剎那間，伊萬嚇得全身起了雞皮疙瘩，背脊感到一陣寒意。中年人搶過了枕頭，重新墊到女人身後，女人的臉一下子黯淡了下來。伊萬終於明白剛剛聞到的是什麼了，那是死亡的氣味，女人在等死，但現在連死了的力氣都沒有了。

　　透過這張臉，伊萬還原了女人年輕時的樣貌，如果沒

猜錯，女人是伊萬國小隔壁班的同學。雖然不是同一班，也幾乎沒說過話，但伊萬認識她，記得她的面孔。歲月如此殘酷，伊萬感覺，她和這個女人就像開在山間裡的兩朵野花，曾有過小小的燦爛，但獨自靜悄悄地生長，了無聲息。一朵即將凋謝，她這一朵也必然遭受同樣的命運，沒有幾個人知道。

不知如何用什麼言語去安慰中年人，伊萬只好幫著在廚房炒了幾樣菜，也把屋裡屋外清理了一番，幾乎本能地展現了一個身為泰雅女人的本色。他們的小孩放學了，果然跟比令差不多大，一進門就哭著臉跟中年人要錢，說學校的學費剩下他一個人還沒交。中年人答應了他，說明天一定交。

伊萬臨走前，把身上今天賺的二千塊偷偷地藏在碗底下。秋天的傍晚，天氣有些涼了，但伊萬覺得臉頰滾燙，她把車速開到最快，她想一直這麼開下去，開到命運的盡頭。

◇×◇×◇×◇

回家路上，伊萬陡然想起已經過了放學的時間，她卻忘得一乾二淨。真是該死！她狠狠地罵了自己，如果兒子

發生什麼意外，這日子還怎麼過得下去。她匆匆趕到學校，找遍了教室和操場，也沒見到兒子身影，伊萬緊張得身體癱在了地上。學校守衛跑過來扶起了她，說先別擔心，說不定你兒子已經在家了，回家看看吧！

一進家門，伊萬看見比令坐在客廳的圓凳上，一動不動地看著卡通，她這才鬆了一口氣。婆婆跑來埋怨說，你開什麼計程車，開到美國載人啦，怎麼沒去載小孩！幸好有村裡熟人看見他在路邊遊蕩，就順便把他載回來了。如果遇上了壞人，被抓去賣掉，看你怎麼對得起我兒子！公公跑過來安慰伊萬說，沒事了，先去吃飯吧。伊萬知道婆婆本來就不贊成她開計程車，就怕她哪一天帶孩子一走了之。伊萬站了起來，原本想把內心的苦水吐出來，但忍住了。

伊萬的公公中年時才在這裡蓋了兩間相鄰的平房，東邊的給老大，西邊的給老二，中間用一道牆隔開，公公婆婆都一直住在鐵木那裡。自從老大出事後，晚上婆婆就會到伊萬那裡陪伴一會兒。於是公公乾脆就在牆面鑿開一個小門，這樣兩家出入就方便，有什麼事也好照應。婆婆過來有時會跟伊萬哭訴，說自己的兒子命很苦，這麼年輕人就走了。鐵木又是個啞吧，等於是殘廢了，你和比令如果也離開了，這個家就破敗不完整了。伊萬聽著一陣心酸，

卷7 伊萬的踟躕

就把話說清楚,說她不會離開這個家,比令也是她唯一的依靠!

伊萬在自家門口站了一會兒,此時月亮被烏雲罩住,朦朧的月色照在她紛亂的臉上。進了屋,她把自己反鎖在裡面,這樣誰也不能來打擾她,包括月色。

黑暗中,伊萬彷彿看到了那個女人拿著枕頭一心求死的模樣,那眼神簡直就要穿透她。她心想,其實她現在跟死了差不多,丈夫的突然離世給她的打擊太大,如果不是為了孩子,她早就想一走了之。有時她真想狠下心,帶著比令偷偷離開這個家。不過婆婆當初已經表明了,伊萬可以走,可以改嫁,但孩子不能帶走,也別想帶走一毛錢。

丈夫死後一年多裡,村裡有幾個男的主動過來表態,都願意娶伊萬,但都被她排拒在外。倒是有個男的,各方面條件都不錯,伊萬很欣賞,對方遵循村裡攜家眷說親的習俗,準備了醃豬肉、糯米糕和糯米酒來提親,不過好事多磨,最後還是被婆婆回絕了,說可能是來騙錢的。從那以後,伊萬就沒再想過再嫁的事。

公婆最初和最終的想法,都是希望伊萬跟著鐵木過,婆婆說,這也不是什麼大不了的事,她的一個表妹也是這麼過的。有一回伊萬就聽見婆婆在數落鐵木,說不要只想著你那幾塊地,整天就知道拿鋤頭和鐮刀,多跟伊萬相

處，多說說話。公公感到莫名其妙，說一個啞吧你叫他怎麼說話？婆婆意識到問題的關鍵，就明著說了，嘴巴不能說那就用身體說。

　　上個月婆婆煮了一桌子的菜，把伊萬和比令叫過去一起吃飯。公公和婆婆都等在那裡了，當然，鐵木也在。伊萬問，又不是過年，煮那麼多菜幹什麼？婆婆說，自從大兒子走後，我們一家人就沒有好好地吃一頓飯。婆婆倒了小米酒，勸著她多喝一點，而且婆婆還談及了大兒子的種種過往，弄得伊萬眼角都泛出了淚光。等伊萬回過神，公公婆婆和兒子不見了，只看到鐵木朝自己碗裡夾菜，她心想這一定又是婆婆刻意安排的。伊萬起身去開門，外面已經被大鎖鎖上了。伊萬覺得很可笑，木然地看著鐵木，直搖著頭嘆氣。伊萬坐著不說話，想看看鐵木到底能幹什麼，鐵木卻像犯了錯的小孩低下頭去。伊萬突然覺得他很可憐，就起身替他盛飯，也給自己盛了一碗。鐵木沒吃，就站起來去開門，婆婆還沒走遠，就聽見鐵木一個勁地踢門，嘴裡還噢噢噢地叫喊。婆婆把門打開，上前就給鐵木一個巴掌，你真是個傻瓜，整個村子都是你的叫聲了！

　　伊萬和丈夫是經人介紹的，他們不是青梅竹馬，也並非什麼相見恨晚，就只是相互看著順眼就把心給了對方。認識半年多才結婚，兩個人有沒有愛情，這件事很難說，

誰說了也不清楚。這就像一根筷子碰上另一根筷子，就順勢湊成了一雙，然後一起吃飯過日子。特別是有了孩子後，伊萬覺得丈夫就是一輩子的倚靠，是支撐一個家的主幹，但丈夫一死，這個家就塌了，她的心其實也碎了。

伊萬知道丈夫再也不會回來，從公車上下來的那個男人不是他的丈夫，他有他的生活，她和他不過是兩個不幸的偶然相遇，他們的不幸卻不能連結在一起。她現在感到欣慰的是兒子還在健康地生長，她慶幸今天在那個中年人面前依然沒有感到慌亂。

還有鐵木，他是多麼單純的人，即使在婆婆多次的慫恿下，也沒能做好一件壞事。他除了不會說話，看上去就是丈夫的翻版，只是臉稍微黑了一點，但那雙眼睛永遠是那麼地清澈，那麼地明亮。有一次，伊萬進了屋，看到鐵木安靜地站在角落，把她嚇了一跳，她以為是丈夫回來了。去年夏天，伊萬在地裡拔草，被村裡一個酒鬼用言語調戲，說死了丈夫晚上會不會寂寞。她回到家後一直哭，婆婆追問下才知道事情的經過。鐵木也知道了，在村裡碰見那酒鬼就拿根木棒追打，一直追到酒鬼的家，硬是把他家大門砸爛，算是給伊萬出了口氣。

伊萬摸著臉頰上的淚水，什麼時候流下來的都不知道。

伊萬來到婆婆這裡，比令在鐵木的床上睡著了。婆婆跟她說了聲對不起，說她下午說的話有點過分了，你也是很辛苦，請她別放在心上。伊萬說我有點餓，算是原諒了婆婆。婆婆起身要給她盛飯，伊萬說，我自己來盛。她邊吃邊問鐵木呢？婆婆說，大概又跑去跟人家喝酒了吧，別管他。

　　吃完飯，伊萬來到鐵木的房間，把已經睡著的比令抱了起來。

◇※◇※◇※◇

　　桌上擺著豬頭皮，滷花生，幾樣熱菜也陸續端上來了。鐵木和老李分坐兩邊，邊喝邊聊，他們照例要談一些小道消息。

　　老李說，亞布被抓了你知道嗎？在台7省道被警察攔截。鐵木跟他碰了碰杯，意思是，這些偷木頭的敗類我知道，還用你說？老李緊接著說，瓦歷斯死了你知道嗎？是吸毒過量死的。鐵木仍然只跟他碰杯。老李繼續說，下一個是誰你知道嗎？鐵木比著手勢回答說，下一個是誰關你什麼事，喝酒啦。於是兩個人仰頭一飲而盡。

　　拿了紙和筆，老李開始跟鐵木說其他的。老李寫道，

下午伊萬又載那男的去了他家，去好長一段時間。為了確定自己說的是實話，老李又補上一句，我要是胡說八道，就把眼睛挖出來裝到屁股上。鐵木回，你走路不會跌到了。老李問，為什麼？鐵木說，你下面長眼睛了啊。老李這次沒寫在紙上，嘴裡卻罵著，馬的你這個死番仔。鐵木把紙拉過來慢慢寫道，馬的我相信你啦，那人是不是新村的，你上次帶我去看的那間房子？老李點點頭，說，你他媽的聽得到我說的話呀！

老李和鐵木兩個人能走到一起，自然有相似之處，那是因為孤獨。當然他們也有所差別，就是老李嘗過女人，鐵木卻還沒有。有人說，看見老李在村裡偷了一箱箱農作物到市區賣，賣了錢就找風塵女子。聽到閒話的人隨口問道，那作物該不會是我們家的吧？這些漢人不但盜木還偷我們的蔬果，真是太可惡了。這說明了村民都覺得老李除了開計程車，還是個偷雞摸狗的人，大家時時都提防著他。但鐵木始終覺得老李很親切，是可以交心的老朋友。

老李打著手勢問鐵木，你有沒有碰過你大嫂？

鐵木臉紅了一下，但酒氣把臉遮蓋了，看不出來什麼變化。

老李說，笨蛋，就知道你沒有，你哪有那個膽。

鐵木害羞地笑了笑。

老李拿出一千塊,在空中甩了甩說,我上次想跟她那個,給她一千塊,她不答應,她就那麼值錢嗎?

鐵木用手比劃著,惱怒著,意思是,把錢收起來,你當這裡是市區啊!

老李把錢收了起來,說,我忘了你是個啞吧,跟你說也說不清。

一瓶高粱不知不覺被喝光了,老李酒量有限,大概鐵木喝得比較多,可他還想喝。老李擔心他喝醉了付不了錢,就及時制止住了。

走出麵攤,老李一頭又鑽進一家投幣卡拉OK店,熟門熟路。臨走前他對鐵木說,回家去吧,今天你如果不把你大嫂給睡了,你他媽的就不是男人。

鐵木看著老李消失的身影,抽了根菸,然後騎上野狼出了角板山,卻沒有回家,而是朝向另一條路。他要去新村,他要教訓教訓那男的,叫他離伊萬遠一點。此時天上的月亮清晰可見,照得萬物欣欣向榮,照得鐵木的憤怒也歷歷在目。他一路騎得飛快,感覺他是在追逐自己的影子。

在新村村口,鐵木把車藏在陰暗的草叢裡。到了那男的家門口,他朝裡面看了看,院子裡的一棵樹遮擋了視線。鐵木在猶豫,如果伊萬在的話怎麼辦?鐵木想好了,

她在就對她說,比令叫我載你回家吃飯。鐵木決定爬進去,牆很矮,沒幾下就翻過去了。

兩間房子,東邊的亮著燈,透著微黃的光。

屋裡的女人坐了起來,她聽到了推門聲,就像她一直期待的那樣,真的有人來要她的命了。她看到一叢黑影站在自己面前,嘴裡還噴出一股酒氣。她興奮地在心裡喊著,快帶我走吧!我的苦難就要結束了,我的靈魂就要飛出這個房子,飛出這個小村落,我要到彩虹橋去見我父母了。

她看到黑影雙手空著,不知道黑影要怎麼帶她走。黑影呼嚕說了幾句話,但她始終沒聽懂。

他不是這個世界的人,他是utux(鬼魂),聽不懂是理所當然的。女人就問,現在就要走了嗎?我的孩子還在外面剝樹豆,一堆又一堆的樹豆,他怎麼剝得完?可是他不剝完他爸爸就不給他錢買制服。

黑影伸出了雙手,像一口麻袋一樣,看來要把她收納進去了。女人流著淚說,等等,我想把我的孩子叫進來,他可能睡著了,我要交代他幾句話,我一直喊他,他就是聽不到⋯⋯這時黑影張開了粗大雙手,女人頓時被黑暗吞沒。

鐵木半夜才回到家，他把機車往門口一摔，幾乎同時把自己摔進了屋裡。兩個老人都已經睡了，他們聽到鐵木在門口噢噢噢地喊叫，跟狗發情一樣。母親起身披了件外套，走到門口罵了幾句，這麼晚了，怎麼喝成這個樣子，酒駕被抓幾次了還不夠？

　　只見鐵木伸出青筋爆露的胳臂，在空中胡亂揮舞著。父親也起來了，扶著鐵木坐到椅子上，鐵木全身都是汗水，還滿嘴酒氣。父親了解他有心事，就說，你有滿肚子委屈，沒關係，你慢慢讓我們瞭解，邊說還拿毛巾給他擦汗。

　　母親問他，有什麼苦？你就全都吐出來吧！

　　鐵木就打著手勢亂比了一通。父親意會到了，解釋說他不行跟伊萬在一起。

　　母親又問，為什麼？

　　鐵木用手掌做一個刀砍的動作，說他剛剛殺人了，如果他跟伊萬在一起會害了她。

　　母親猛然一驚，上下打量著鐵木，看他身上沒有一點血跡，就說，鐵木你不要開玩笑，殺人要坐牢啊你知道嗎？

這時，鐵木突然跪了下來，連連磕頭，頭都頂到地上了。他意思是說，不要再為難伊萬了，讓她帶孩子走吧。

母親明白鐵木的意思，她就罵了起來，說，鐵木你懂什麼，我都是為你好你不知道嗎？才幾杯酒就把你腦袋喝壞啦！

父親安慰著說，鐵木你醉了，去睡覺吧，先不要想那麼多了。鐵木卻賴在地上，像一堆爛泥，兩個老人怎麼拉都拉不動。母親說，要不要叫伊萬過來，我們一起抬他到房間？父親說，那麼晚了，別吵醒她了，先讓他坐著休息一下！

昏黃的燈光下，鐵木茫然地坐在地上。他想到以前的生活多麼平靜，大哥去市區上班，大嫂在家偶爾做一些傳統手工，父母養豬養雞，而他在地裡忙活。忙不過來的時候，父母兄嫂還有比令都會來幫忙，笑容洋溢在他們的臉上，他能清晰地聞到空氣中有種難以言說的氣息。春去秋來，寒暑交替，一年一年就這樣過下去。直到大哥死了，他才聞出來，那氣息原來是幸福的味道。但幸福被命運無情地奪走了，生活也被徹底地打亂，往後的日子都顯得蒼白無力。鐵木感覺到自己的身體像墜入罪惡的深淵，不但無法自拔，而且愈陷愈深。

有次鐵木也是喝多了，在伊萬家客廳看電視，已經半

夜了還不走。伊萬實在太睏了，說鐵木你回去吧，他卻一把抱住她，然後壓在地上，嘴巴像豬一樣拱在伊萬身上。伊萬也不喊叫，只是拚命掙扎，但無論如何也無法掙脫，鐵木兩隻胳臂就像螃蟹的鉗子死死抱著，讓她動彈不得。伊萬眼睛一閉，想到的是丈夫，眼淚就湧了出來。鐵木嚇壞了，不知如何是好。伊萬趁機爬起來，兀自來到鐵木的房間，在他枕頭下翻出一張照片，當著鐵木的面把照片撕掉。照片是比令三歲那一年丈夫帶全家人去合歡山賞雪拍的，照片上伊萬抱著比令，山風吹得她長髮飄散了起來。

　　看著鐵木醉眼迷離的樣子，母親用手晃了晃他。突然，鐵木哇地一聲，所有的辛酸、愧疚和絕望都從嘴裡吐了出來。吐完，兩個老人忽然覺得鐵木輕了不少。經過一番折騰，好不容易才把他抬到床上，睡前還讓他喝點熱過的野菜湯解酒。鐵木身體不動了，打著呼嚕慢慢睡去，身上的棉被在微微起伏。

　　鐵木的枕頭下有一張照片，那是晚上伊萬來抱比令時放進去的，已露出了一角，是伊萬飄逸的長髮。

8 夏日午後

她說她早到了，就在電話中約定的圖書館門前，我立刻意識到這個說法不太對。此時烈日當空，圖書館前毫無遮蔽之處，她不可能曝曬其中。如果她是個言詞準確的人，應該表明自己正置身圖書館的大廳裡。

　　起床後，我洗了把臉，然後意興闌珊地套了件短袖，就出門了。圖書館在我住的公寓附近，步行過去只需十分鐘。

　　我一下就認出了她，一個皮膚白皙、身材瘦削的女士。此時散落在圖書館大廳裡的，除了看起來斯文的愛書人士（有個個滿臉書卷氣為證），不然就是午睡後爬起身特意趕來納涼（有冷氣）的中老年人。比較之下，她的打扮過於規整，像個主管階級的人，很好認。她在滑手機，發簡訊、追劇、玩手遊，或者別的？總之，在大廳那排舒適的沙發上，她顯得非常出眾，出眾得相貌平平。

　　所以我沒有向前招呼，只是站在離她跟前不遠的地方撥了她的手機。突然間，她的坐姿立即慌亂了起來。奇怪的是，她沒有發現近在咫尺的我，而是左顧右盼起來。最後，她或許因為沒有透過左顧右盼找到我，這才失望地看到站在她面前的人。

　　在我們出了圖書館頂著艷陽找一處可以坐下來說話的地方時，我注意到一些建築的光潔面或乾脆就是玻璃鏡

面中的自己。拖鞋，短褲，上身是一件黑色T恤。半年前我剃光了頭髮，此時不再圓潤，而是亂糟糟的一團。此外，她的白皙使我整個人就像一截烈日下移動的木炭。

這一帶是密集開發的社區，因為中小學校還有圖書館都在此地，便儼然發展成一個文藝氣息濃厚的所在。這裡居住的大多為公務人員，也有部分工農人士，所以這裡的人看起來總是很忙，比如胳肢窩夾個手提包行色匆匆的那類。忙，不僅說明這裡的居民時間有限，也說明他們並不怎麼富有。如果想在這裡找間酒吧、咖啡店之類能坐下來閒聊的地方是不可能的。酒吧、咖啡館代表的是時間和金錢的雙向寬裕，是都會氣息，這裡街道兩側都是簡易的店面，大多經營餐飲業為主，我只能帶她找一家小餐館坐下來，而且是一家我經常光顧的快炒店。

因為午飯已過晚飯還早，店門口掛著牌子，上面寫「休息中！」。裡面只有一位正在看電視的店員，我居然從未見過。是個女生，不會超過二十歲，臉上尚有未褪盡的羞澀，乍看下，就是跟我身分一樣的同胞——地道的原住民臉孔。如果她是個漂亮時尚的女店員，我未必敢這麼莽撞地推門進來。這是否是他鄉遇故知，是一種遇見同胞的親切感作祟？

電視音量不大，但因為沒客人，很清晰。一個正在哭

泣的女的在電視上逼問一個男的,「你到底愛不愛我?」男的用擁抱回答了她。

既然這位女店員沒見過我,我就沒有提及自己常來這裡消費這件事,也沒有用「你們老闆大頭呢」這種話來暗示對方自己是常客,我覺得這是尊重。

我直接說明了來意,我們,我向女店員指了指身邊的女士,說,只是想在你們這裡談點事,坐一下子就走。然後我轉向她問,大概需要多長時間?

「半小時左右吧!」她說。

「半小時可以嗎?」

女店員不置可否。這未嘗不可以理解為默許,於是我請這位女士在一張擺著餐具的方桌坐了下來。坐下後,我又像往常那樣豎起了胳膊招呼女店員,能不能先給我們兩杯開水?

這個從未見過的女店員瞟了我一眼,然後表情木然地從店內一角端來了一壺茶水。我說了聲謝謝。嗯,我的同胞真是個慷慨的女孩。

我們面對面落座,茶杯也已在手,下面可以開始談話了。

是這樣的,三天前,我接到一通未顯示號碼的電話,對方說自己是某中英合作(台灣、英國)的理財保險公司

的公關，會找時間派人來給曾先生（我漢名姓曾，族名叫Yumin Nokan）做一次免費的理財服務⋯⋯，沒等對方說完，我立即掛了電話。第二天，他們再次來電，將說過的話又重複了一遍。

「可以嗎？曾先生，真是太打擾你了！」

「沒問題，」我想了想說，「但你得先告訴我你是怎麼知道我的手機號碼的？」

對方表示是在手機用戶裡隨機抽樣的。事實上我並不介意自己的個資被別人或哪個機構獲取，多年以來，此類電話從未斷過；我也並不擔心對方是詐騙集團，不懼怕一切特意為我和像我這樣的人所設置的騙局。我沒有什麼可騙的，也可以說，我潛意識裡未嘗不希望被不明真相的對方最終一無所獲地騙一回，然後從另一個角度藉以充實我的生活。大多時候，我只是沒興趣和這些表示要登門造訪的人浪費口舌。於是我說抱歉，沒空，對方表示理解，並追問，那曾先生您什麼時候有空呢？明天沒有，沒關係，後天呢？後天沒有，那之後呢？也就是說，這樣的客服人員是多麼敬業，他們堅信通過自己在電話裡的謙遜和禮貌終將軟化對方的心防，而且他們是明智的。一個人，無論他是什麼身分和地位，都不可能一直沒空。事實是什麼？事實是我有的是時間。這幾年以來，這些大塊大塊的時間

讓我感到人生不僅漫長而且空曠。

然後就是我接受了該公司的免費上門服務（這和電話裡那頭甜蜜的女聲有關），並且當即接到此時坐在面前這位女士的電話（後者的聲色略遜於前者）。名片顯示，面前的女士叫蔡素芬，英文名叫Amy，是該公司駐本地的一位理財顧問。我佯裝正襟危坐起來，彷彿我和蔡小姐能夠坐在這裡洽談，源自於這個商業時代一個嚴肅的約定。

我坦承自己對「理財」這兩個字缺乏認識，對於理財顧問這個職業更是聞所未聞。不，我補充說，「電視、網路和報紙上好像看過，但我從來沒有想到它會跟我扯上關係。」

蔡小姐莞爾一笑，表示理解。她說，這並不構成任何障礙，也一點問題都沒有。對於這個行業以及業內的組成結構，一般民眾沒有必要了解這麼多。換句話說，這只是她的業務知識而已。至於關係到客戶的內容，下面她會通過介紹讓人搞清楚。

她首先從公司的由來開始介紹，然後細說這家公司的服務項目。可以看出，並非我之前想的那樣，蔡小姐很擅於揣摩人心，她察覺出眼前的我對他們公司毫無興趣，所以那些介紹和講解她力求淺顯和粗略，然後才開始替我理財。

理財的工具是一份長達數頁的表格，我注意到表格印刷精美，字體高雅。我暗忖著，這家公司蠻像個樣子，很可能不是詐騙集團。這份表格對客戶設置了諸多問題，這些問題將由蔡小姐發問我回答。為了節省時間，我建議能否讓自己填寫。蔡小姐說，如果曾先生執意要求這樣的話，完全沒問題，不過其中有些問題無須回答，而需要回答的問題很有限，並且會牽涉到一些解釋和計算，還是由她代勞比較好，可能比曾先生填寫還要節省時間。

　　在展開一問一答之前，蔡小姐回頭看了一下那個已經不知去向的女店員（電視仍開著），並得體地問我，因為下列問答將涉及我的個資和隱私權，是否需要迴避（輕聲、換沒人的地方，或請女店員退避）？

　　我誇張地擺了擺手，裝出一副光明磊落的架式，我說，沒必要，完全沒必要。不過，在問答題開始之前，因為一直喝那壺茶水，我表示需要上一下洗手間。

　　我不知道自己為什麼要這麼做，雖然我自始至終一直在喝這家店裡毫無茶味的茶（既非享受也不能解渴，只是一個喝的動作），但並無尿意。我是個容易出汗的人，加上店內處於非營業狀態，冷氣沒開，我和蔡小姐所享受的只是中午客人散去後殘留的那點涼意，我的汗水幾乎與喝水是同步同量的。

前往廁所的途中,會經過那個女店員看電視的位置,我被眼前的景象嚇了一跳。原來她並沒有離開,而是將幾張椅子拼湊了起來,整個人躺在了上面。之前我們沒有發現是因為垂落地面的桌布擋住了這一幕。看樣子她睡著了,我站在她頭部的上方,看見她因為睡眠衣領鬆弛並忘記掩蓋的半個胸部。我甚至還可以逆著店外反射進來的陽光看清她臉上的汗毛——她還是個孩子嗎?無論如何,這樣的睡姿讓人覺得心疼,她是如此地疲累,躺哪裡都能睡著啊!我心想我的同胞流落到繁華的都市,為了生活打拚,真是苦了他們!

　　廁所一如既往地散發著惡臭和食物的混和氣味。我站在馬桶前,再次閱讀了牆壁上「來也匆匆,去也沖沖」這些了無新意的字句。我想到遠在深山的老家,要方便隨意找個草叢就可解決,還可以順便澆灌大自然。所謂文明,真的能把人帶向完美?我常看見這個地區(前鎮區)的居民不太願意做垃圾分類,這意思是說明大家其實都不願在別人不文明的情況下表現出文明所以大家只能比賽誰更不文明?

　　不知道是氣味還是這些紛雜的念頭使然,我感到有點頭暈。巧的是,這種暈眩接近於平時在此飲酒中間來此小便時的感覺,有股飄飄然的醉意。是的,我還從來沒有在

酒局之外的時間上過這店家的廁所，是不是平時的醉意並不屬實，而只是諸如這個廁所環境造成的？那麼換一個地方，比如路邊的麵攤，喝同樣的酒會不會不醉？我的酒量還能有所增進？總之，在酒局之外的時間來這裡上廁所，和被免費理財是一致的，完全是一次全新的感受。

廁所在樓梯的轉角，低矮陰暗。和我臉部齊平的地方有扇電腦螢幕大小的窗戶，強烈日光使這扇窗看起來不像是一道出口，而像是被一塊長方形的發光金屬給堵死似的。我看不到窗外的任何景象，所以這扇窗也注定不能夠讓我自此爬出逃避以下談話。

問題從「曾先生是做什麼工作的」開始。我表示這個問題不太好說，我傾向於說自己沒有工作，因為我每天都賦閒在家。

「為什麼說傾向於？」

我解釋說：「因為據我所知，我的名字目前還掛在一家公司，不過我基本有三年時間沒和這個公司有任何聯繫了。」

「留職停薪嗎？」

「不是，這個公司沒那個制度！」

我繼續說：「公司如果要裁人就乾脆裁，我沒話說，你知道這個時代日新月異啊，你如果不懂得積極上進，那

勢必就會遭到淘汰！」

「嗯！嗯！」蔡小姐略微點頭似乎贊同我的說詞。

「我這個狀況，不算自動離職，也不算開除我，因為我還沒去辦辭職手續，他們也沒正式通知我滾蛋。就因為幾次帶著醉意上班，公司老闆就叫我先休息一陣子！所以我目前只能算是待業中。我覺得自己犯下了錯誤，咎由自取，不過不是說我們原住民是保障名額嗎？……」

蔡小姐適時打斷我的話，她表示我說得蠻有意思，但她所想了解的是我現在的經濟狀況，說白了就是靠什麼維生，收入來源是什麼，具體地說，就是月薪有多少？

我說，沒錯，我當然要有其他的謀生方式，否則我在三年前早就餓死了，如果不火化的話，現在坐在你面前的應該是一具枯骨。是這樣的，我在大學學的是平面設計，雖然我學得不怎麼樣，我那些同學學的也不怎麼樣，但他們混得比我好，開公司的開公司，打工的打工，個個有房有車有老婆有小三，總之人模人樣吧！他們不時會介紹一點案子給我，做完了自然就有一筆錢。對了，你在圖書館對面的大樓有看見一面大幅廣告嗎？賣透天房的，那其實是我們公司設計的。對，「至尊前鎮，群居左岸」這個詞，我寫的。「左岸」這個東西呢，本來是法國的，塞納河的左岸大概是，每年四季都聚集了這個世界上最講情調

的蠢貨，我還經常聽到我們公司一個熱愛保養的婦女說，她現在還想去法國，我猜她想去的大概也是這個「左岸」吧！看我膚色你大概猜得出我是原住民吧，在我們部落也有個「左岸」，或者「右岸」吧。一條河流貫穿我們土地，兩岸肥沃的土壤要種什麼就長什麼。我老家隔壁的玩伴，他的父親叫哈勇，就在河流淤積地種菜，什麼冬瓜南瓜黃瓜櫛瓜的，都種。哈勇還會定期撒雞糞，施撒期間部落的所有村民都能聞到味道。我覺得雞糞在雞籠裡很噁心很臭，不過被農民利用成肥料撒在農地上，卻沒有那麼糟糕。這是不是有點矯情？我偷摘過哈勇種的幾條小黃瓜，沒想到一條黑狗突然竄了出來，然後戴著斗笠的哈勇舉著一把鐮刀也追了上來，我以為自己死定了，結果不是，狗追我，哈勇是追他的狗。你相信嗎？哈勇跑得比狗還快，所以那條狗沒有咬到我。哈勇說這條狗發瘋了，會亂咬人，害他賠償了不少醫藥費，為了幾條小黃瓜，不值得啊。

怎麼了，蔡小姐？你不太樂意聽這個是嗎？我是應該簡單點說，我是接案子的，算是朋友們幫忙，不一定每個月都有案子，有的時候一個月忙不過來，有的時候幾個月都閒著。我也不清楚自己一個月收入多少。沒有，沒算過，是，是應該算算，但沒算過，怎麼辦？估計一下？你

們真的需要一個數據嗎?哦,也是。理財確實需要一個數據。我說兩萬可以嗎?其實我可以說三萬,一萬也行,但我不說三萬那就不夠都會高級形象啦,就不夠讓你理財,讓你白跑一趟真不好意思,就說三萬吧。

那麼,你這三萬是怎麼用的呢,是否每個月留一點作為積蓄?

我耐心地回答說,沒有積蓄,我可不是故意趕時髦當什麼月光族,怎麼說呢,不是我不想存錢,實情是沒有多餘的錢。有積蓄多好啊,想買什麼馬上就能買。我一直想買個跑步機,沒事在家跑跑,鍛鍊鍛鍊,可能快步入中年了,我有點發胖的跡象,體力也不如以往啦。買不起跑步機,買個啞鈴也可以,但你不知道啊,現在一副啞鈴也貴得很,老實說,為了這兩個鐵塊花一筆錢,我有點捨不得。你知道我們在部落男人都必須扛重物,個個訓練得筋肉暴突,小腿粗壯。當然,我可以每天清晨到附近學校的操場上慢跑,也很不錯的,主要是很熱鬧,都是一些老先生老太太,現在老人社會啦,老人真多!我們的年輕人大多跑到都市來發展了,部落也一樣老人很多的,而且處於凋零狀態。其實我覺得他們老歸老,但個個紅光滿面的,政府叫他們一個個準時退休,他們也沒辦法。他們有用不完的精力,跟他們的退休金一樣。講到退休金我就生氣,

別小看這些老年人,他們每月的月退不低,電視電台推銷各款中西假藥的,就專門對他們下手,當然,還有詐騙的。我為什麼生氣呢?就是人年輕正是花錢的時候,但因為年資少相對薪水也就少。而老人呢,什麼事都解決了,已經到達過顛峰,錢多得用不完。是,我知道啃老族,他們辛苦賺了一輩子的錢,最後還是落到年輕人的手上,不過你知道嗎?有的人沒有這樣的父母怎麼辦,比如說我。唉!這世界真是不公平,完全違反了自然規律。應該這麼說吧!這算是我三年前離開公司的原因之一。他們不給我足夠的薪水就算了,那些錢花不完的老上司還跑來鼓勵你:年輕人,趁年輕要好好做,國家經濟愈來愈好了,你們前途光明,等你們到我這個歲數,還不知道要賺多少呢。你說,這些話讓不讓人憤怒。哦,這三萬怎麼花是吧,你這麼一問還真難倒我了,我怎麼知道怎麼花呢。你是覺得三萬很難花完呢,還是覺得不該花完?我覺得你是認為不應該花完,我也這麼覺得。我贊成勤儉持家,我父親他還在世,他經常也這麼跟我提起,說出門在外節省一點,要做好規劃,都市生活不像在部落,不過從事任何職業只要不懶惰,就一定能活下去的。問題是我從來不覺得自己奢侈啊,我抽的菸七十五塊錢一包(政府抽稅抽得兇),喝啤酒五十一瓶,穿的衣褲都是夜市的地攤貨。另

外，我至今還沒買過車，出門都是一台中古摩托車。我覺得自己生活很樸素了，為什麼還是有許多人像我父親那樣認為我不會過日子呢？如果說消費就是浪費，不消費就是美德，我到底聽誰的呢？當然我也不願聽誰的，我有正當的需求，我要滿足自己的需求，人無非就是活著，而活著就是會花到錢，這是現實問題。如果活著不用花錢，那更好，只是目前還沒有實現。

蔡小姐提議算一算我的基本消費，這包括家裡開支中的各種費用，我平時沒考慮這些，覺得領薪水了還弄個複雜的支出表那太麻煩了。所以在蔡小姐的幫助下，才大致算出了個結果，此不贅述。

蔡小姐提醒我，其實我的生活開支不超過一萬，而就這三萬塊的月收入來看，還有兩萬可供利用。通過談話，她也了解到我乃是一位未婚人士，所以子女教育開支可以忽略不計。那麼，如果尤命能將菸酒娛樂等消費限制在一萬塊的話，還有一萬可以作為節餘。那麼，我總歸還有人生打算，比如遲早會娶妻生子，難道這不需要做點經濟上的準備嗎？

我風趣地指出，這是我樂於回答的問題，就是關於女人的事，相信作為女人，你會比較喜歡聽。嗯……，我剛才忘了提到一點，就是我在女人身上花了不少錢。無論是

交女朋友還是透過其他途徑找女人，肯定要花錢是不是。不過，我到現在還沒有像同齡人那樣成家，也不是我故意的，我不是所謂的獨身主義，這個聽來就覺得矯情。如果遇到合適的對象，我幹嘛不結婚呢對不對？老實說，有時我也羨慕那些老夫老妻啊，可以伴著夕陽在公園散步。我也不可能有什麼恐婚症，呵呵，但千萬別懷疑我是個同志，我雖然不贊同同志婚姻但他們也是人也有生理上的選擇權不是嗎？半年前我還有女朋友，是個平地人，也就是漢人啦。她跟我同居了半年時間，我們討論過結婚的事。通過計算，我們發現，除了拍婚紗、買家具，結婚本身並不需要花什麼錢。為什麼這樣說呢，因為多年以來，我們各自的朋友都結了婚，我們都去送過禮金，獻上祝福，到時候他們肯定是要來還這筆錢的，據說有的人還能賺一點。有段時間因為手頭嚴重不寬裕，我們還考慮要不要乾脆結個婚來賺一筆，當然，這個沒有實現。那麼，關於買家具和拍婚紗照，我的這位女朋友看得很開，她表示除了買一張大床之外，其他可以免了。雖然我也對拍婚紗挺反感的，包括對婚宴，但是我還是主動地提出應該履行整個過程，畢竟是所謂人生大事。還有婚宴那些主持人的搞笑噱頭完全是多餘，搞了半天，台下客人都餓得頭昏眼花了，台上還在搞高跟鞋倒啤酒啊舌吻啊交杯酒啊什麼的，

甚至那些民代高官還腆著肚子輪番說些陳腔濫調的祝福，真是庸俗不堪，難道這就是幸福婚姻的註腳？岔遠了是吧，我這個女朋友呢，她最終打算不拍婚紗照和辦酒席，直接登記就好了。她的想法也談不上有個性，我覺得也算正常。後來我就提醒她，拍婚紗照確實很蠢，不拍你不覺得遺憾我很讚賞，辦酒席站台上請主持人因而被捉弄也多餘，不過，我們如果不辦酒席，我怕人家禮金不知道往哪送啊，這不白費了過去我們曾經獻上的一筆筆祝福啊！這麼一說，我那女朋友就不開心了。我不知道是不是這個原因她跟我分了手，我們分手屬於善始善終，沒有爭吵，也無第三者。我不知道別的女人是不是都像我這位女朋友，如果是，我覺得結婚確實不花錢。如果不是，我覺得自己有責任讓她和我的想法一致。如果她的想法始終不能跟我一致，要麼按她要求趕緊想辦法，要麼安慰自己說我們倆不合適，分手算了。這也沒什麼，你說呢？

蔡小姐苦笑了良久，沒有接話。她只好從另一個角度來幫我處理那剩下的節餘。蔡小姐提供了一些建議，這也正是她所在的公司的主要業務。如果我迄今沒有其他投資的話，那麼可以向她所在的公司投資，比如醫療、養老的保險問題，這和買一般的醫療和養老保險不同，買他們公司的，不僅最後能超額領取，而且屬於一本萬利的投資，

按蔡小姐的原話說，就是「錢滾錢」。她說，難道您不願意有更多的錢可供使用嗎？具體就是每個月將這一萬塊存在她所在的公司，除了協議規定的若干年我可以領取比存在銀行高得多的利息之外，還可以每年分得一份公司的紅利。蔡小姐不禁重新介紹了一下他們的公司，這是一家中英合資的跨國企業，除了保險，還兼營外貿、化工、建築、房地產、畜牧業和珠寶業，最早可以追溯到東印度公司，歷史悠久，實力雄厚。

我再次強調我還在一個公司，我們公司的正式職員享有醫療補助和全額的退休金，當然，目前是這樣，至於將來怎麼改，那是另外一回事。但無論怎麼改，起碼公司不會丟下我不管，前面我也提過，法律規定原住民是保障名額啊是不是。如果他們開除了我，我當然要重頭打算，這不是還沒有開除嗎，哈哈。至於你問我願不願意有更多的錢，我覺得你這是在侮辱我的智商啊，我當然願意有更多的錢。我有時也納悶啊，人家比爾蓋茲包括你們公司那位遠在英國的老闆，他們為什麼這麼有錢呢？而我怎麼就那麼點錢？你說我不羨慕他們有錢不想那麼有錢是假的。我不懂什麼投資，我覺得炒股票無聊死了，我討厭那種神經質的曲線，一點規律也沒有。我也買過彩券啊，幻想中了頭獎我該怎麼用，是給我父親在部落蓋一棟金碧輝煌的別

墅呢,還是給自己買一架功能最好最齊全的跑步機?不過,我們應該認識到一點,那就是這些有錢人之所以有錢,跟他個人的奮鬥有關,所謂奮鬥除了要為人類做重大貢獻之外,還包括怎麼撈(騙)到更多的錢。他們有動機,有企圖心,也有那個幹勁。我有嗎?我覺得自己沒有,我希望天上掉下錢來,但你告訴我它不掉,錢在天上,我自認為沒有能力和氣魄爬到天上去。既然如此,我覺得像小時候我在農地上看到糞金龜那樣吃點糞便過著安貧樂道的生活也無所謂。你理解我的意思嗎?我不拒絕發財致富,十分羨慕發財致富的人,也幻想過發財致富,但不發財致富我覺得也沒什麼大不了的。出名也一樣,我也想出名啊,跟劉德華張惠妹一樣,一出門就有歌迷影迷衝著我尖叫,沒事就在電視上拋頭露面,扭腰擺臀。聽起來很不錯是吧,但你叫我為了達到目的要這麼做要那麼做,別說去做了,我想想都覺得累啊。也可以說我是個沒有骨氣的人,說成弱者魯蛇都可以。不過又能怎樣呢,難道叫我回老家種菜嗎?現在菜價也不穩啊,上次新聞你看到沒?一顆顆高麗菜被丟棄在農地等爛掉。嗯,嗯!希望有多少錢?你說每個月嗎?哦,就我自己的需求來看,我覺得一個月能賺個四萬五萬的那就不錯了。好的,你算算,如果向貴公司投資,應該怎麼弄。

蔡小姐從包包取出一個計算機，然後開始替我算了算。她說，就曾先生目前這個年齡，摒除通貨膨脹等因素，以目前經濟水準來看，如果希望到六十歲能每個月從他們公司那裡領到十萬塊的收入，那麼現在每個月得存上兩萬一千八百元。

　　我揮舞著渾厚的手掌笑說：你覺得我可以做到嗎，嗯？哈哈，那就是，可能做不到。看來我不吃不喝還得每個月籌那麼多錢給你們才行。老實說，你這樣算相當於一個笑話，我聽了心裡很不好受。這說明什麼，說明我這一輩子想過上月入十萬的生活幾乎是不可能的啦。好吧，就算我現在想辦法賺錢，然後籌夠了這些錢給你們，到了六十歲我也月入十萬，你替我想想，我該花在哪裡呢？吃不動了，喝不下了，玩也玩不開了。你知道海明威嗎？對，一個作家，自殺死的，他就是這個原因自殺的。當然，我也可能像現在許多老人一樣身體還很健康很硬朗，可以除了上當受騙之外，把錢留給兒女花。問題是我現在還沒有成家，我不知道自己什麼時候娶老婆，也不知道自己能不能生孩子，你能保證我們所有人都有生育功能？你能保證我的孩子不會發生意外而死亡？你能保證你們的公司不會倒閉，你能保證傳說中的世界末日不會發生？……對不起，我有點囉嗦。

最後我說服自己又去了廁所一趟。

這次我沒能看見那個女店員，然後發現廁所的門是鎖著的。敲了敲，果然，在一聲抽水馬桶轟然的沖刷怒吼中，我的同胞衣衫不整滿臉通紅地向我撲面而來。

她睡醒了，睡醒的人總是想上廁所，我總以為情況都是這樣，當我打算側身進去時，又一個人從裡面走了出來。

這是個身材壯碩的男青年，他圍著沾有油膩汙漬的白色大掛，捲起袖管的小臂上刺著莫名的圖騰。看來他是這家餐館的廚師，雖然我是常客，但廚師幾乎永遠在客人的視線之外，所以廚師和那位女店員一樣，也是陌生的。不過這對男女顯然是熟識的，他們也許是一對小情侶，在工作的間隙一起躲進廁所製造點小確幸，不僅正常，而且美妙。

廚師起先狠狠地瞪了我一眼，後來態度轉為溫和。

「喂！同胞，你是哪一族的？」廚師咧開了嘴問。

我沒回答什麼，只是跟廚師相視一笑，我偷偷將這抹笑容作為一種祝福，祝福這對同胞離開部落來到文明都市裡，能繼續為夢想打拚。

我不知道是否該將自己的發現告訴蔡小姐，如果能分享這個發現，是否說明在這間店裡，我不僅與她（蔡小

姐）是對偶的存在，他們二人也是一對，我內心竊喜著。我想告訴她：這應該是夏日午後的一種幸福啊！

　　不過當我從廁所出來的時候，蔡小姐已經走了。我只好轉頭看看電視，電視正播放著某廠牌的壯陽藥廣告。廣告中的老男老女居然也是對偶存在的，比如一個女的大呼小叫地說好，接著就出現一個一驚一乍的男的也說好，他們一起對這款壯陽藥的成分、藥效大加讚賞，彷彿不服用他們家的藥就立即是陽痿患者一樣。廣告結尾，這些男女全都出現，並排在一起齊聲呼喊：「猛擱勇！猛擱勇！厚兜系厚！讚啦！」

9 等待曙光

傍晚五點多,我才回到部落。母親在家門口剝樹豆,疑惑地問,怎麼突然回來了,又不是過年?我說跟公司請事假。母親又問,會不會扣薪水,我說不會。我指著院子打瞌睡的父親問,那個人怎麼沒有去喝酒?父親每天都到那個女人開的麵攤去報到的。母親不置可否,噢了一下算是回答了。我和父親很少當面說話的。我進屋朝沙發一躺,就睡了過去,朦朧中聽見母親一直嘮叨什麼。

吃晚飯的時間,母親提到我一個國小同學。他在工地被磚頭硬生砸在頭上,當場就死了,送走五天了。每次回來,母親總要把部落發生的事講一講,最後迂迴到老問題──你什麼時候帶女朋友回家,再挑你就老了,難道沒適合的?我低頭啃咬一塊飛鼠肉,父親則在旁幫腔,你媽說得很對,你看我們等得頭髮都白了。我看了看父親,又看了看母親,確實,他們頭髮都白了。

三弟帶兒子過來了,他叫兒子喊我大伯,他就喊了聲大伯好,我注意到他母語說得很生澀,兩隻眼睛直盯著手機螢幕。我問今年蔬菜種得怎樣了?他嘆口氣說,不好啊,大概賣相太醜,賣不出去的就自己吃啦。三弟說,大家原以為有機的健康,都市人會買單,沒想到村裡一窩蜂種植,卻沒有銷路了。我不再問下去,把帶來的八寶粥禮盒抽一個給了侄子,拍著他的頭說,都長這麼高了,快趕

上大伯我囉!

翌日早晨,我到三弟的農地,在台14線省道邊,幾個戴斗笠的婦女在藍色大桶裡調製有機肥,包括弟妹。她們捲起了袖口,邊做邊說笑。我向前打招呼,認出其中的伊萬,我的國中同學。農地旁有間木搭雞寮,雞糞的臭味瀰漫開來,我心想,這些雞糞也要用來製作有機肥吧!

大家說笑之際,三弟開著搬運車進了農地,我向前幫忙,有稻草、稻殼、魚骨粉、木屑、泥炭、土壤改良劑等。我邊下貨邊問,蔬菜既然賣不好為什麼還繼續種?劃一半土地種傳統農法的不好嗎?噴農藥的或許長勢比較討喜。三弟說,馬的上次中盤商的剝削我賠了錢啊!再考慮其他辦法吧,不然我吃西北風了。下完資材,我打算要走,弟妹喊住了我,說伊萬有事找你。

記得年少時,我和伊萬常到溪邊採野菜,不管她怎麼教,我總難以辨認什麼是野菜什麼是草葉。我從小幾乎沒做過農事,大都在外地求學或工作,而父親長年在工地討生活,家裡農地就只剩母親和三弟的身影。父親回來也少去農地幫忙,因此母親常埋怨他。父親反駁說,我不去工地,拿什麼養家,祖先那幾塊地能長鈔票出來嗎?其實做農的確很辛苦,誰都知道,要從地裡刨出糧食來,那肯定要看天的臉色。但是如今,我多麼渴望成為一個農人,娶

像伊萬這樣的女人,每天日出而作,日落而息,傍晚門前喝杯白酒,老婆孩子就在眼皮底下,一幅幸福景象。當然,這是都市人的想像,農人哪裡是這樣,他們的困頓和擔憂是一望即知的。

伊萬談到他先生的事,說工地連續幾月不發薪水,他酒醉去找工頭,結果把人家打得鼻青臉腫,對方已經告他,說是傷害罪。她拿著法院通知說那個工頭是你高中同學,能不能跟他商量,最好能撤銷告訴。看著她誠懇曬黑的臉,我點頭說好……好……我會先去瞭解情況!

傍晚,餘暉染紅天邊,我在部落走走晃晃,輾轉來到一片農地。每次回來,我總喜歡獨自走在農地上。村人種的有機蔬菜排列齊整,生機盎然,我摸了摸,確實嬌嫩,菜葉上都有蟲咬的斑點,我摘幾片菠菜放進嘴裡,竟有一股香甜的滋味。我沿著公路繼續走,看見還在地裡勞作的村民,便躲著他們走,他們大概也不太認識我了。我穿過小橋,來到村東的墓地。橋下的溪水灰灰濁濁的,但溪邊的林木卻一片翠綠。墓地已改成納骨牆,旁邊栽種幾棵桃樹或櫻樹。在一個制高點上,我俯瞰整個部落,展開的是水泥牆壁和鐵皮屋頂,村民漸漸蓋起樓房了。更遠處是殘缺不全的山丘,一處砂石場停放幾台挖土機,伺機而動。曾幾何時,部落變了模樣,我不禁心生嘆息。

去雜貨店買菸時，我遇上了伊萬的老公，他和幾個婦女閒聊著，一圈人腳下有酒和山豬肉。他站到一旁跟我說話，眼角還有瘀青。我問，你不去工作啦？他說不去了，說著，遞了根黃長給我。我把要找工頭的事說給他聽，他卻一副無所謂的樣子。他憤怒地說要告就告，我根本就沒有動到他，就說是傷害。我說現在都講法律，官司沒有那麼簡單。他說謝謝你的好意，我的事自己會處理。我還想繼續說點什麼，他就堵住我的話，說聊點別的。你工作怎樣了？什麼時候結婚？我說，在外面不好混，過一天算一天啊。他說，在哪工作都不容易，我就想出去闖一下，困在部落有什麼前途？你回來了，我卻拚命想出去，總之求安定，你說是不是呢？買完菸，他轉頭叫住了我，怯怯地說，能借我錢嗎，我拿到薪水就還，我就不相信工頭不發薪水。我把口袋掏了掏，只有一千五，全都給了他。

　　第三天早上，我去拜訪工頭，五六年沒見面了。我們互道寒暄，不禁感嘆韶光易逝。看上去老同學一臉很納悶的樣子，我怎麼會突然找他呢！他在講電話，似乎有急事要辦，我就說，有事你先忙吧。他說沒事，晚上我找幾個同學我們聚一聚。透過紗門，我看見有個老頭正在清洗一台百萬休旅車。老同學說，喝杯高山茶吧，很貴的，一斤三千。於是，我再一次把茶杯端了起來。

我直言有事他幫忙,但我感到很尷尬,似乎來這裡就是為了幫這個忙,前面浪費的口舌只是個鋪墊。他說,老同學了,什麼幫忙不幫忙的,你儘管說。於是我把事情簡單說了一下,並強調這是我一個同學的丈夫。他口氣轉為嚴肅說,伊萬老公工作很認真,但喜歡喝酒,工作的間隙也喝,這樣會耽誤工程,更容易發生意外。再說他做三天休兩天的,我做工頭的很為難。這樣吧,官司的事我會考慮,叫他明天先來上班吧!

　　吃過晚飯,在傍晚獨有的清光下,去了伊萬家一趟,她正在訓斥她的兒子。她抓著瓶礦泉水邊追邊罵,你這個孩子又買礦泉水,這個水有什麼好喝,從水源地接的水那麼甜你為什麼不喝!兒子是伊萬十八歲生的,現在十歲了,跑得很快,因此伊萬怎麼追也追不上。見到我,伊萬停止了追打,但怒氣還掛在臉上。我問你老公呢?伊萬說,誰知道到哪裡去了,大概去山上打獵了,不到凌晨不會回家。我說早上找過那個工頭了,他請你老公先去上班,沒事的,別再擔心了。伊萬聽後轉怒為喜,一個勁地說,多虧你了!我想對伊萬說她老公借錢的事,但想了想,沒說出口。我問你老公會回工地上班吧?伊萬說是他不想去,工地那裡也沒讓他不去。她兒子不知道什麼時候溜出去了,伊萬喝了一口手上的礦泉水說,你說這個水有

什麼好喝的，一點味道都沒有。她接著說我飯菜剛準備好，一起在這裡吃晚飯吧！我仔細端詳著她，她臉上沒有多少皺紋，仍是國中清純我暗戀的模樣，只是如今呈現的是一個母親的慈愛和溫暖。我暗想，這多麼像我的妻子啊！

半夜睡覺我被父母的爭吵聲吵醒。父親說過兩天就要到女兒那裡去，女婿找了個公寓守衛的工作給他。母親傷心地說你要走啦，這個家你不要了是不是？你要是不怕丟臉你就去！父親說，我丟什麼臉，我要去就去你管得了？我又不靠你吃飯，憑什麼不去！母親也不示弱地說，我是管不了你，你去我就打電話給女兒，把你那些事情說給她聽。父親感受到了要脅，說，你小聲一點，兒子在睡覺！母親說，怎麼樣，就讓他聽見好看清楚你怎麼做父親的！

我聽見母親幾乎哭出聲音地說，離婚算了，不要一起過了，反正孩子都大了，過著還有什麼意思！記得小時候，父母只要吵嘴，總是父親先說離婚這兩個字，這次是母親提的，看來她心意已決。父親說離就離，誰都攔不住你，我一個人過比較輕鬆！母親說，輕鬆，你還輕鬆。我前腳一離開，你後腳就去找那個女人了！我同意離婚，那還得看你兒子和女兒同不同意！父親靜默下來，就像被山上安置的陷阱夾住了腳，無法動彈！

這時我放在客廳的手機響了起來,兩人暫停了爭吵。我聽見母親進了房間,推了推我說,你的電話,快點去接。我看了手機螢幕的號碼,清楚誰打來的。我對手機那頭說,對,我回家了,來休息幾天。此時父母專住地聽著我說話。我走到屋外,繼續對著手機說,有什麼好說的……。你放心好了,我的東西你要怎麼處理就怎麼處裡……,要丟就丟吧,房租我繳到年底了,你想住多久就多久……,隨你!我要幹什麼就幹什麼……,你管不著,好了好了我有事先掛了!

回到屋裡,母親問我誰打來的。我說是公司的人,他們叫我過幾天去台北做一個業務。

身為兄長,我買了瓶高粱到三弟家,幾杯下肚,我們熱絡了起來。我們談起了過往,他的眼角夾雜著些許淚花。三兄妹中,他吃苦最多,因為貧窮,他輟學在家幫忙,成家後也一直過得不寬裕,有時還上山打獵貼補家用,如今種植有機蔬菜希望能盼出一線曙光,但無奈眼前還是一片黑暗。

都是家裡拖累你了,我說山下有個農場專門做有機種植的,你要不要去學點新技術?三弟問,一個農場弄起來要花多少?我說我也不太清楚,十幾萬甚至百萬吧!三弟哇地一聲說,把我們家的地都賣掉也不到五十萬!我說賣

什麼地啊,現在都是這樣,這個世界很現實,都是錢堆起來的啊!

三弟關心問道,你不是交了女朋友,什麼時候結婚?我說分了,漢人規矩很多,不好相處,再說我還不想被婚姻綁死,過幾年再說吧!三弟頓了頓說,大哥啊,你看我做這個有機爸媽幫了我不少,現在沒方向了,我想改種咖啡,有個品種叫阿拉比卡,我朋友現在開始種了。……你能不能借我十萬塊,我年底就還你。借姊姊的錢我還沒還完,也不好意思再借……。這麼一問,我突然感到很愧疚,這些年來在外面打拚居然沒存下一點積蓄。我說你真急用我就找我同事借借看。三弟說,那就算了,我再想想辦法。

我也不想隱瞞了,對三弟說我那家公司其實快倒了,所以乾脆辭職不幹了,過幾天再找其他工作。三弟說,你沒跟爸媽說?我說,我騙他們的。其實早該回來了,一直拖到今天,我渴望回來幫忙老人家,做將來的打算,務農其實也不錯的。

喝完酒,天徹底黑了下來。我走出三弟家,四周靜謐,什麼都看不見,農地、老屋、群山似乎都消失了,但它們仍真切地在那裡,只需等待一線曙光。我哪裡也不想去了,就想和親人一起,和他們在土地上勞作、苦惱、歡

笑……，終此一生。

　　回到家，我聽見有人在屋裡哭泣，母親在旁撫慰。原來是伊萬。她看見我一進門，就慌張站起身說，我老公走了，不知道去了哪裡！說著她遞給我一張小紙條。紙條上寫著一行潦草的字：我走了不要找我，我會寄錢回家！

10
最後的遺言

（中央社記者陳xx台北市5月30日電）監委葉大華、陳景峻今天表示，今年至今已發生7起警察自殺案，監察院督促警政署提升心理輔導經費編列、心理諮商服務覆蓋率與檢討基層勤務，以確實改善警察人員身心危勞的處境。⋯⋯

　　走出了拘留室，必須穿過大廳，有個人臨時被銬在窗邊的鋼條上，衣衫凌亂，沒人看守。因為鋼條太高，他踮起腳跟，藉此來使銬住的手舒服些，但剛好這樣又使腳尖和整個身軀不協調，姿勢看起來很累，這使我想到「插翅難飛」這個詞。

　　那個人身形一直扭動，但看起來倒也處之泰然，一副老神在在的樣子。我想，即便他身懷絕技，身上藏有鋼鋸，也不可能在無人看守下鋸掉手銬逃掉。這一切，都在掌握中。他冷冷地朝我斜看了一眼，就急著把腦袋挪回原處。順著那顆腦袋的方向看去，大廳裡有一台電視，正播放著新聞。只是聲音不大，激起我想找遙控器的欲望。當然，這是不可能的，因為我的雙手銬在身後。沒什麼，剛開始還疼痛難忍，只是經過漫長的拘禁，兩手臂已經不復存在似地讓我感到全身很是簡淨。

　　由於窗外的黝暗和大廳的明亮，窗戶有了鏡子的功

能，我瞥見自己狼狽的身影，怎麼說呢，還真像個剛退休的公務員。但我無暇欣賞自己，我被電視畫面所吸引，相信身後的胖警察也是如此。不是別的，新聞正播報傍晚發生的一件命案⋯⋯一名員警在毫無道理的情況下，不慎打死了麵攤老闆年僅十歲的女兒。新聞主播說，該員警大概想從輕量刑，所以並未逃逸，而是蹲在案發現場，以示自首和懺悔。警方撥開人群來到了現場，將束手就擒的嫌犯壓制在地，並且還怕他跑了似地用腳踩在他身上，這才七手八腳將嫌犯銬住。記者採訪了一名面目模糊的警察局長，他表示尚待調查，目前無可奉告。記者只好給那個孩子一個特寫鏡頭（部分打上馬賽克），一旁則是孩子呼天搶地的父母。鏡頭轉向了圍觀群眾，其中字幕打著「張女士」的女人，正心有餘悸地述說這起命案的目睹過程。

　　張女士顯然沒有受過此類採訪，也大概不常說國語，所以她的台灣國語顯得極其彆扭極其悲痛也極其有力量。她受訪的大意是：原來凶手是個警察，太囂張了，居然知法犯法，把孩子當街活活打死，希望法律能夠嚴懲，還孩子父母一個公道。我不知道張女士有沒有說「殺人償命」或「判死刑」這樣的話，她口音太重，電視聲音也小，無法悉數入耳。

　　此刻我心亂如麻，而且胖警察不允許我再看下去，繼

續推著我往筆錄室的過道走。離開大廳前，我情不自禁地回望那個銬在窗邊的人，正巧他也盯著我，四目交接下，他那陡然的一笑將讓我至死難忘。

如你所猜想的，我就是那個打死小女孩的凶手。

必須聲明的是，我不想編造理由來替自己辯護，我接受法院的判決，當然包括死刑。但我不希望什麼廢死聯盟從中抗議能使我免於一死，到了這個節骨眼，我腦子裡充滿了悲觀的想法，一切的走向我都認了。在我認知裡，一命抵一命，或許才是解決之道。假設，請允許我假設。假設張女士就是法官，假設她確實說了「殺人償命」的話；假設天一亮我將被押往刑場，那麼，我的一生將伴隨剩下不多時間的流逝而後結束。換言之，假設成立，我現在就置身在結束的端點，所以，我必須寫封信給張女士，必須回顧我渺小的一生，雖然回顧是件多麼庸俗的事，但誰又能免俗呢？

親愛的張女士：

我來自中央山脈的一個純樸部落，成長於一個平凡的家庭。父親剛從公家機關退休，母親是農婦，如今他們利用閒暇務農，種植小米、芋頭、樹豆等傳統作物，除了自家食用，多的還能到市場擺攤販售。另外我有個大哥，還有個妹妹。從某種意義上來說，我的人生經歷蠻順利的，

從小學到中學，然後大學，無災無難。

那年我大學剛畢業不久，就通過面試到鄉公所做文書的工作，其實我知道這是父親暗中為我安排的。雖然只是約雇，但畢竟有穩定的薪水。不過我待的時間不長，一年不到就離開了。原因說起來很複雜，我挑簡單的說。

首先，長官不欣賞我的辦事能力，但我總想討好他們。我動用了大學所學的一切，居然用文謅謅的文字寫過一篇在慶典上需要的演說稿，事後長官對我破口大　，說根本文不對題。這是我的失策，可以理解為惡作劇或長期不被重視的報復心理，但也不至於為此辭職。其實，寫文案是非常容易的事，網上就能找到範例，稍加更改，無比標準，皆大歡喜。

其次，我當時年紀尚輕，對未來懷著無限的憧憬和理想主義，卻顯得有些不切實際。那時，我突然意識到二十一世紀即將到來，而這個新世紀，不正是人類長久以來翹首期盼的未來嗎？伴隨著新世紀的逼近，我心中的恐慌與日俱增，對前途感到前所未有的迷茫。回想起小時候，每年在部落的除夕之夜，我和家人一起守歲，熬夜不眠。我們為了打發時間，會玩撲克牌和象棋，有時則是看電視。然而，撐過一整夜卻並非易事。情況是，到了天亮，我都是被鞭炮聲叫醒的。醒來後我非常沮喪，我懊悔沒有哥哥

的毅力，又對喧鬧的氣氛很牴觸，尤其我至今仍然痛恨鞭炮聲。總之，我不希望自己重蹈兒時過年的低落情緒，不願這麼渾渾噩噩一覺醒來就是二十一世紀。

我最終是辭職了，與上述有間接的關係，但不是最關鍵的。關鍵是女人。

她叫伊萬（賽德克族女子名），比我晚半年轉到我們課室。她艷麗活潑，能力也很出色。其實，我對她的一切不是很瞭解，不僅當初，現在更是惘然。我之所以會欣賞她，也許跟她在工作上的表現與我相反有關。我是不是在她身上看到了一線曙光呢？她確實是光明的、燦爛的，走到哪都是笑臉迎人，長髮飄飄，白裙飄飄，就那麼回事吧。這肯定也不是事實，誰整天長髮白裙呢？她努力做好本分，受到長官的讚賞，她公開和課室一個男的約會，然後即將幸福地攜手走上紅毯。也就是說，在我猶豫不決不知該如何是好的時候，她已被一個無比庸俗的人捷足先登了。可想而知我多麼氣憤，多麼絕望，多麼痛苦。這之後，不分晝夜的抑鬱把我折磨得形容枯槁，我不能說自己已經愛她如命，只能說我無法面對我將受到邀請然後奉上禮金喝他們喜酒的場面。

當時，再也沒有任何勸告能阻止我離開了，遺憾的是，沒有人知道我跟伊萬的事，因為我跟她什麼事也沒發

生。如果不是此刻，我也不會提起她的名字，不會讓人知道我對她陰暗且模糊的情愫。

我告訴家人，告訴長官，在此之前，還不經意地透露給伊萬：我要辭職啦！

為什麼呀？她說。

至今回想她那張大朦朧眼睛的樣子，我仍心如刀割。我激昂地告訴她，此處不留人，自有留人處，什麼地方沒工作呢，幹嘛待在這個封閉的山裡浪費青春？

她說，那你到底要做什麼呢？

就像命中注定的那樣，我隨口說，我決定報考警察特考！

她說，很好呀，你很有膽識，祝你考上！

聽到這句言不由衷或者祝福的話，當時我差點感動地哭了，而此刻，我真的淚如雨下。我那臨時杜撰的理由，後來都變成了事實，現在看來就是宿命。

我提到我一直很順利，大概自小一直受到祖靈的庇佑，於是又幸運地通過了考試，成了一名人民保母，至今。如果沒有發生張女士所義憤填膺的事，我還會繼續當警察，然後可能順利退休，順利死去，順利地被埋進老家事先已準備好的墓地裡。當然，現在考警察沒那麼容易了，比我們當初考大學還要困難，這也屬實。在二十一世

紀來臨之際,能考上公務員對很多人來說確實是意義非凡的。我趕上了好時機,仍然算順利。順利不值得驕傲,但值得慶幸,值得嘆息。

話說回來,張女士所指責的「警察太囂張」或許也沒有什麼不對,警察常常執法過當,這是大家有目共睹的事實。我只想提醒張女士(如果有機會),這並非完全是我們的錯。就像你不能指責將來某個人用槍槍斃我一樣,而且這其中也不存在高尚和卑賤,大家只是奉命行事。不是每個士兵都能成為拿破崙,但每個士兵都必須聽拿破崙的,當然這是句了無新意的陳腔濫調。我的意思是,太陽底下無新鮮事,所以不存在真知灼見。自從我們來到這個世界,就一直是這些瑣碎,它們固然無趣,確實不是好事。但是,親愛的張女士,它們早就不是我們的對立面,而是我們的生存背景。這些零亂的瑣碎就是我們賴以生存像空氣那樣的東西,是我們毫無營養卻賴以維生的食糧。如果你不承認,請問,你有沒有以母親的口吻教育你的孩子,要他們應該這樣不要那樣。這樣,你的孩子將來可以獲得更多的利益;那樣,你的孩子就會吃虧倒楣,你多狡猾你自己都不知道。

談這些,其實大可不必。大家僅僅就是為了生存,而生存竟如此費勁,不容有第二種選擇。你是該同情被母獅

撕咬的羚羊，還是可憐那些嗷嗷待哺的幼獅呢？兩者相輔相成，互為因果罷了。

有次我到永春市場附近巡邏，曾將一個歐巴桑的秤桿折斷，踢翻她的菜攤。我為什麼要這樣？她的目的是賣菜，但缺乏足夠的租金，那麼她勢必會在未經許可的地方擺攤，我非常理解她，這是她的生存意義。我的生存意義就是不允許她完成她的，換言之，我們都在履行人生的意義。但她一點也不理解我，被善意勸走後，又出現在新據點，她東躲西藏，總是出現在我的路上。可以這樣說嗎？我覺得很多人對我的職業毫無敬意。彼此尊敬也許是相互妥協，但此情此景，我只好採取必要的措施。我很難過，在執行公務時想到了我的父母，他們也賣菜，但我還是那麼做了，即便他們都是我親戚，血緣關係也阻止不了我。血緣關係其實是虛的，因為根據古人類學、宗教義理和詩情畫意來判斷，我們全人類都有血緣關係，都是兄弟姊妹。我們甚至還提出和自然和動物和睦相處，不過，那種大家庭的其樂融融，除了在卡通裡，好像從未發生過。

在折斷秤桿之前，歐巴桑曾向我下跪，並且雙手合十作出膜拜。我感到難受，這倒不是她的年紀大過我母親，而是這種卑微讓我感到自己成了暴力本身。我從不覺得自己暴力，她這麼做不啻於否定我一向良善的人格，是對我

的羞辱。在那一瞬間，我頭暈目眩，我彷彿看見她在邀請我對她施暴，似乎唯有如此才能與她的下跪相匹配。我渾身顫抖，口乾舌燥，想扶她站起身，天知道，我的動作不是我想的那樣，而是頓時踢翻了菜攤，折斷了秤桿。

那麼，事已至此也就算了，我會像哀悼一個死人那樣哀悼自己，保持道德面的自責。但沒有結束，她見狀不再含笑討好，立即變了個人似的。她一屁股坐在骯髒的地面，一面揮舞胳膊引來眾人，一面用和垃圾一樣骯髒的話來咒我。我似乎還聽見了她說了句「恁係番仔喔？」，這意思是我很「番」嗎？我只是皮膚黑了一點，我只是個原住民，這樣不行嗎？和藹的、慈祥的老奶奶，真的有這樣的老奶奶嗎？或者說，這樣的老奶奶永遠會和藹慈祥嗎？在此之前，我不相信一個性別都可以忽略的老太太能說出那樣的話，但她說了，而且打拍子似地有說有唱。唉，這就是社會，這就是這個社會上的人。我覺得自己感到羞恥，這個世界令人羞恥。

後來我只好裝作若無其事，一臉尷尬地走了。留下的是凌亂的菜攤、遍地的菜葉以及看熱鬧的人群，他們整體上看起來更髒亂，比我到來之前尤甚。那一刻我就意識到，作為一名基層員警，我永遠無法使這個城市秩序井然。

雖然我只做過這麼一件泯滅良心的事,但我並沒有過分自責。我曾將此事告訴父母,但我不能描述我逃掉後的感受,那過於抽象,父母無法理解,我只說我踢翻了菜攤和折斷了秤桿。我的用意再清楚不過,希望他們能夠出於對老太太的同情來責備我,好讓我萌生自責情緒。結果,是死一般的寂靜,他們沒有訓斥,臉上毫無憤怒表情。最後,父親以洞徹世事的口氣說:「睜一隻眼閉一隻眼吧,你也要注意安全,在外面生活不像在部落。」

父親的話對我心理衝擊很大,它意味著我必須像「做一天和尚撞一天鐘」那樣才能苟活,什麼事都別太認真。原來,我認識到的二十一世紀全是空談,所謂山中無甲子寒盡不知年,年月可能都是多餘的。我們別想做好一件事,因為不需要?我們的一生理應平順,就是站在這頭就可以直視那頭。我們必須要過一種一眼就能看穿的日子,不要抱有任何憧憬,因為所有的日子最終都會走到盡頭。

是的,我的父母對我有很深的影響。當初他們之所以鼓勵我去考試,就是部落出現一些公務員這樣的「階級」,父親也是其中之一,他們都是有了鐵飯碗的人,也就是將來會有退休金。似乎他們畢生的志向就是考公務員,不然一輩子留在部落嗎?幸虧我後來考上了警察,這才讓他們鬆了一口氣。這就是親情,或者是愛。迄今我所

有的人生經歷都呼應了他們對我的愛,順從他們的看法。但我總覺得,也許可以不是這樣,難道真的必須這樣?我經常在半夜思索,如果我當初留在部落,而不是離鄉背井,是不是我的人生就會大不相同。我當然可以務農,如此還能就近照顧父母,陪伴他們,藉以報答父母之恩。我那敬重的大哥,現在就是這麼做的。

和大哥相比,我比較沉默,性格也孤僻。他高大魁梧,生性開朗,沒有這樣那樣的脾氣。許多家庭都有這項共通點,就是一對夫妻的頭胎子女在身體上比之後的子女要占優勢。大哥是長子,受過部落成年禮的善待,他已經預先享受了寵愛,即便後來父母將更多的愛投向他的弟妹,他依然很茁壯很懂事,一副過來人的達觀模樣。在我看來,大哥是個了不起的人,如果誰欺負我,他會替我出頭,我沒錢花用,也會主動塞給我,哪怕當時他也很困頓。他沒有念過大學,卻熱衷於談天說地,經常灌輸我山裡的捕獵知識,十足為一個現代獵人。他當過兵,跟部隊在海邊待過。退伍後,他那些五湖四海的兄弟常來造訪,他們率性吃喝,話題縱橫古今。我是多麼羨慕我的大哥,我希望成為像他那樣的人。而如今他也只是在公所當清潔隊員,工作能力也還好,但不知為什麼,深受長官喜愛。據父母說,他常常喝得醉醺醺搞到半夜才回家,然後第二

天仍然精神抖擻地去上班。如此看來,大哥也很順利,但他的順利顯然與我不同。

如果不談這些交際,大哥在女人方面確實比我幸運。高中他就有喜歡的女生,還趁父母不在帶回家來玩過。那時他住校,他會在夜裡翻過校牆,不辭千里騎著單車去那位女同學家。女同學的房間在一樓,他就站在窗外和她有說有笑。阻礙他們的是窗戶,而點綴他們的是窗台的花盆。這是多麼浪漫的畫面,卻從未在我身上發生過。後來他娶了大嫂(不是那個女同學了),一個漂亮的女人,大嫂又給他生了一個更加漂亮的女兒,也就是我的姪女。我是多麼喜歡我的姪女。

她曾指著桌上的鴨肉問,叔叔,這是唐老鴨嗎?

我說,是啊。

她看著桌上的羊肉爐問,這是喜羊羊嗎?

我說,是啊。

於是她拒絕吃牠們,並阻止大家去吃。我只好告訴她,這是可惡大怪獸的肉,於是她終於吃了。

相較之下,我對自己的兒子感到失望。他在各方面的學習都差人一截,現在學校有幾堂母語課,我在家偶爾教他幾句他就睏了,連最簡單的問候語都不會說。當初兒子生下來時,父母親族無不為之欣喜,在他們看來,兒子是

家族的香火，有傳承的意味，可我臉上卻沒有多少喜悅。在產房外面，我看到了妹妹和妹夫，他們聞訊趕來，居然也興奮異常。

反正我要死了（還是基於假設），我得實話實說，我排斥自己的妹夫，不完全因為他是漢人。他過早禿頂，早些年有頭髮也不好看，說話聲音尤其難聽，眉目間總放射出某種優越感，說白了就是瞧不起人。當年我就反對妹妹嫁給他，雖然我不曾表露這個意思，但冷淡的態度還是被她發現了。

二哥，妹妹問，你不喜歡他？

沒有啊，我假裝露出笑容，趕緊否認。

然後我們陷入了沉默。我只好打破沉默，詢問他們的婚前準備，她一一回答，但神情恍惚。可能出嫁前的女兒都是這樣，她突然笑著說起了一件陳年往事。那時我們還小，大哥去同學家玩，父母也不在家。這時雷雨驟至，我和妹妹躲到床下，因為害怕而緊緊相擁。我們意外地發現我們一直在找的彈弓，那是父親製作的玩具。我和妹妹經常帶著它，像獵人那樣走入叢林，我們曾經擊落不少的鳥禽。

妹妹問，哥，雨那麼大，他們會不會不回家了？我說，管他們的。

妹妹哭了起來，說，他們會不會死了？我說，他們死了才好呢。

現在我想起張女士在受訪時似乎提過「畜牲」二字，我不反對她這麼說我。確實，我曾多次幻想過自己的家人消失。那樣我跟妹妹就是孤兒，我們將到處漂泊流浪，受盡一切欺凌。這樣一來，我們很可能無法長大成人，再一起死在那些陳年往事裡，這確實也沒有什麼不好。我說這些主要是說明，我其實是個念舊的人。

如果據上面所述加上我對妹夫的敵意推斷出我對自己的妹妹有不倫之情，我則要表示反對。事實上，作為成年女性，我反感自己的妹妹。她是跟風做作的女人，街上流行什麼她就是什麼。所以她穿過那種相當難看的踩腳褲，類似韻律褲的繃緊讓人可以直視她的下身。現在的她一定是染金髮了，卻因為矮小塌鼻一點也不像外國人。因為妹夫有點錢，她放棄了原先的工作，鎮日沉迷於麻將桌上，在烏煙瘴氣中滿嘴髒話，和對桌的男人眉目傳情。我非常痛恨這些男女，如果我有機關槍，很難說我不會衝進這些大街小巷裡的麻將室，將他們全部掃射。在我看來，賭博是激情也是冒險，但絕不能是生存方式和惡習。我希望將來警察工作的重點就是取締這些場所，然後將我崇洋的妹妹逮捕入監，如果她忍受不了死在獄中也是罪有應得。

至於我的妻子,我得承認,她只是我到了適婚年齡的結果,大概對她而言也是如此,連擇偶都談不上。自「伊萬事件」後,我就不再奢望什麼愛情了。因為條件相當(小學教師,漢族),我們遵照媒人的撮合,接著頻繁約會繼而心照不宣,以至結為連理。我們殺了十二頭豬,在部落辦了隆重婚禮,親朋好友獻上祝福,然後洞房花燭,僅此而已。婚後不久,我們就發生了大大小小的爭執。最具體的是她希望我去學開車,然後買一輛車。理由是我哥和我妹都有車,此外,她那些學校的同事也在爭先恐後地買車。她的父母也對她的要求表示了支持,他們甚至放出話來,只要我買車,他們願意資助十萬塊。老實說,至今我也無法理解買車的動機來自哪裡。或許正是她父母的表示,才堅定了妻子的決心;或者我妻子的念頭,提醒了她父母對我的不滿,他們居然還有個沒車的女婿!

關鍵是我不會開車,而且覺得買車毫無必要。她去學校上班,步行過去只需十分鐘,我上班,也很近,我們根本不需要交通工具。日益嚴重的空汙啦,油價和各種物價的波動啦……,這些我羅列的理由都沒能勸阻她的要求。我甚至還向妻子反覆提及,那時在部落我們去哪幾乎都靠一雙腿翻山越嶺的。最終,我只好渾身疲憊地先去學開車,忍受教練的批評指導,然後膽戰心驚地把車開到路

上。是的,我們終於有了車,它的作用是我每天早上花兩分鐘將小學老師送到學校,然後自己來回不超過十分鐘。出於珍惜或者報復,我只能繞道而行,盡量讓車多跑那麼一下,多耗一點油,然後才去上班。不如此,我無法說服自己。

今天早上,我又像平常一樣開車去上班,沒想到在街上遇到了伊萬。多年來,這還真是意料之外的邂逅,一眼我就認出了她。沒有,沒有我們想像中的矯情,她的變化可以忽略不說。把多年不見的女孩描述得無比衰老,以此表露傷感讚揚青春,那太噁心,也不符實。伊萬當時站在市場買菜,從她側面看過去,仍然風韻猶存,只是身材有點走樣。我停在她的面前,寒暄幾句,然後表示我可以載她去她所要去的地方。

她飽經風霜的模樣,不再是我所熟悉的陽光燦爛了。她說公所的工作太繁瑣了,目前搬到台北,在市區成立個人工作室,專門製作泰雅族藤編、族服等手工藝品,在這之前其實也做過其他的工作。她還說已經離了兩次婚,這倒讓我感到非常的驚訝。

現在呢?有男朋友?

嗯……算有吧。

即便如此,我是說即便通過上述讓我覺得她有過無數

男人,我仍然無法開口。難道我在送完妻子的上班途中會猛然對曾經暗戀的女人表達一下遲來的告白?難道我們電視偶像劇還沒看夠?

我只好把她送回家,尷尬地相互道別,然後我去上班。

到了派出所,同事已經開始泡茶了,開始批評時事了,這不關我的事,我簽到後只好在電腦螢幕前打資料。但我一個字也沒打進去,之後的午餐也沒吃多少。下午,就到了我的出勤時間,按照排班表,我應該和小陳一起到永春市場巡一圈,但他忙於另外要緊的案件。他想出了一個辦法,就是我自己開警車去巡一下吧。「反正也沒什麼事」,「反正你也會開車」,說的也是,我不反對獨自執行勤務,我常常都是孤身一人。他們對我這個來自山裡的原住民有某種的偏見,或者信任,認為我可以獨攬任何事,這確實讓我肩頭頓生了好多壓力。

攤販已經養成了好習慣,他們都很規矩,偶爾有攤位占道,我會坐在車裡向他們揮揮手,他們也便回應我的要求往裡面移一點。我到市場附近的郵局作巡邏簽到的例行公事,還攙扶了一位老者進到郵局。另外,我去看一個六十幾歲的更生人,他孤老無依,上次自己報案說昏倒在地,趕過去才知道,他只是寂寞,想找人聊聊。接著我經

過了學校門口,家長和放學的孩子將我堵了一會兒。我這才想到自己可以回去了,我也快下班了,我便急忙回所裡換上便裝。

早上我只需送小學老師上班,下午不用接她,但必須回家吃飯。為什麼必須回家吃飯?因為小學老師燒得一手好菜,因為她愛我,覺得外面的東西少吃為妙。

我還是第一次想到了她的命令:「必須回家吃飯」。所以在事發地點,我停了下來,我想吃碗麵。這可以理解為我中午沒吃飽,餓得發昏,而非挑戰小學老師的命令。店內是一對說台語的夫婦,他們的女兒正伏在餐桌上寫功課。因為傍晚客人較多,小女孩必須讓位給客人,也就必須不斷轉移到別桌上。小女孩對父母很生氣,嘟著嘴。我表示她可以坐在我的身邊,但她白了我一眼,嘴巴嘟噥了句「我不要!」。

因為麵還沒端上來,無所事事,我站起身走到她身旁看她寫功課。小女孩字寫得很潦草,我想撫摸一下她的小腦袋,但她腦袋後面像長了眼睛似的,避開了。我伸手想看她作業簿上的班級和姓名,但她用小手掌死死壓著。我也便假裝使勁,和她拉扯起來,這在我看來是件好玩的事。

「恁係欲衝啥?」

這是小女孩母親的聲音,我無法理解她的口氣為什麼會有那麼大的不信任和憤怒。然後就是案情。鑒於在筆錄時我已供認不諱,這裡我不打算再鉅細靡遺地去描述。我只想說明一點,那就是我無法解釋我想做什麼。當我站在那裡琢磨該如何回答的時候,那對夫婦已經站在我面前了。為了緩和緊張氣氛,我打算繼續撫摸小女孩的腦袋,以此說明我只是想表示親昵。當我看著他們伸手做出向孩子拯救的動作時,我內心突然感到一股劇痛,我不由自主地甩出手臂,小女孩於是飛了出去,一頭撞在桌角上。

說到這裡,我真想大哭一場,但親愛的張女士,你大概不會買帳。你難道沒有在受訪時指責我就擒時的眼淚是「鱷魚的眼淚」嗎?唉,張女士,你的措辭為什麼總是如此平庸?「殺人償命」、「死刑」、「畜牲」……還有「番仔」,這些詞彙出現的頻率真高,遍布在我人生的每個角落。

最後,我想說個故事給張女士聽,因為故事的女主角看起來與您十分相似,都是那麼肥胖,那麼醜陋。我無意人身攻擊,只是陳述事實。

那時我還就讀本市的一所大學,因為沒人跟我來往,我只好每天去圖書館。有一天傍晚,圖書館已沒有什麼人,就在對桌,坐著一個女生,她肥胖醜陋,滿臉都是這

類女大學生的失意,甚至抑鬱。她是個沒有女伴也沒有男伴不願回宿舍的人。我也是。我不認識她,迄今也不認識,請允許我姑且稱之為張女士吧。

我對張女士發出暗示,敲了敲桌子,她瞪了我一眼,沒有說話,好像在等我說話。我也沒說話,只用食指指著窗外的天空,表示天色已晚,我們應該走了。她可能領略到我的意思了,於是站起身收拾東西,我也同時起身離開。張女士就走在我的前面,一副誓死不回頭的氣勢。然後我便加快腳步,跑到她的身邊,她終於停了下來。沒有任何徵兆,在昏暗的樓梯拐角,我從後面摟住她渾厚的腰,隔著衣服撫摸她碩大的胸部,還吃力地將她反轉過來,和她接吻。她沒有拒絕,只是渾身顫抖,也可能是我在抖。我們相同頻率的顫抖所引起的共振,差點讓我崩潰。

我們繼續走,穿過圖書館前的草皮和小徑,路過大汗淋漓的操場,經過飯菜飄香的學校餐廳,為了不使她逕自回到宿舍,我挽起了她的一隻胳膊。她仍然沒有拒絕,只是渾身僵硬地被我扯著走,就像我在拉扯一具腳下有滑輪的屍體。

在宿舍西面靠圍牆的地方,有一堆沒有使用的磚塊砂石。這裡勉強可以藏匿兩個人,即便張女士是那麼肥胖,

我們都不可能被人發現。此外，因為荒廢多年，這裡雜草叢生，如果沒有腳下被人拋擲的飲料罐和衛生紙，其實和荒山野嶺沒有區別。

　　我們繼續一言不發地接吻，然後我脫去褲子，再脫掉她的長裙。當我費盡心思將她放在地上進入她身體時，疼痛居然也沒能讓她發出一聲呻吟。她還是個處女，我也是個處男。完事後，我慌亂地套上衣物，慌不擇路地落荒而逃。我沒有再回頭，但我至今都明白我身後是什麼，那是張女士裸露在黑暗中白滾滾的肉。

（中央社記者陳x華台北市4月30日電）台北市警察局信義分局局長李xx說明，「員警值班交接，劉姓警員槍彈放置桌上轉身處理其他事務時，被一旁也是警員身分的嫌犯陳xx奪槍自戕，在一聲槍響後眾警員驚恐下圍住並發現陳姓嫌犯已倒臥在地，同仁立即通知119，經救護人員到場搶救……」……

11

嫁給漢人的撒韻

簡單吃過早飯,該忙進忙出了。不大的透天房,但整理起來還是相當費力。若在之前,撒韻只需半天時間就能清理得乾乾淨淨、清清爽爽。現在不行,拖著臃腫的身,做什麼都不方便,就是心裡想俐落一些,卻是力不從心。撒韻已經洗了好幾件被單、枕套、沙發套,窗簾也順便拆卸下來,蓋住茶几的布套也都洗了。把能洗的都洗一下,十幾天沒動手,真是髒得要命。

　　接著掃地,包括屋裡屋外。撒韻用掃帚將地板仔細掃過一遍,灰塵泥屑漂浮起來嗆得讓人直咳嗽。撒韻記得上次清掃是不久前的事,這才幾天的時間呀,居然積了厚厚的一層灰塵。細細想來真讓人吃驚,這些灰塵都是從哪裡來的,什麼時候也鑽到床底下的,還像麵粉一樣鋪展開來。掃到床邊時,撒韻動作慢了下來,兩眼看著床沿,不由得記起剛嫁來時的情景。

　　初來乍到,是結婚的那天。男人在眾人的追逐簇擁下,把撒韻背進大門口,然後讓她踩瓦片跨火爐,過過一些細瑣的禮俗。進了房間男人請撒韻坐在床沿,一個肥胖的老婦在旁念了一串詞,什麼「翻落鋪,生查埔;翻過來,生秀才;翻過去,生進士」等吉利話。這一切撒韻都感到陌生,內心也覺得新奇。聽部落很早嫁到外面的姊妹講,結婚那天新房處處都會貼大紅喜字,新媳婦一進門就

要伸手去撫摸喜字,同時新郎會和新娘或許可以爭搶喜字。不知道是哪裡的說法,新婚的夫婦,誰摸到的喜字多,往後的日子誰就會占上風。撒韻對這件事牢牢惦記著,但沒想到這新房還沒貼上喜字呢。撒韻心裡嘔氣婆家人真是大意,怎麼連這件事也忘了布置。接下來的時間,撒韻一直很老實地坐在床沿,雙手放在合併的雙腿上。

撒韻只上過高中,念到三年級沒畢業便回家幫忙打理農務。撒韻也到外面工作過,跟親戚的一個女兒在台東市一家餐廳打雜。做了幾個月,回來就再沒出去過。在撒韻的印象裡,外面的世界好大,但說到底其實沒什麼吸引人的地方。留在記憶裡的,是碗盤上那股永遠洗不淨的油膩味。原來打工並不像大家吹噓的那樣好,撒韻想不明白,到市區的女人為什麼總喜歡把自己打扮得妖艷古怪,走路說話都和在部落時不一樣了,年紀輕輕,就跟一些男人鬼混。撒韻個性純樸,不喜歡那種頭重腳輕,整天昏昏沉沉的打工生活。去過了一次都市,再回頭看老家景色,覺得馬蘭山水居然清秀可愛,自己以前怎麼就沒用心感受呢?春天,小溪旁綠草野花一片生機盎然,只要渴了想喝水,源頭是一眼清澈的山泉水,永遠取之不盡。撒韻忍不住喝下幾口水,一股透徹心扉的涼意把全身也浸透了。都市哪有這麼甘甜的水,都市的水總隱隱帶著一股來路不明的味

道。

　　記得那年夏天，撒韻洗完衣服從溪邊回到家，媒人已經在客廳坐著了。母親把撒韻叫到一旁，小聲說明了情況，問撒韻願不願意。母親說：他住台東市區，是個母幹（漢人），你父親打聽過了，家境還可以，聽說長得很健壯，主要是人沒什麼壞習慣，去了不會受苦的。母親的喜悅寫在臉上，似乎這樁婚姻已經成了一樣。撒韻握著拳，心頭陣陣恍惚，臉忽然燙得厲害。撒韻才剛學習打掃洗衣等家務，個子還不到大人肩膀的撒韻，誰想歲月倏忽，這件事這麼快就來了，撒韻覺得有些暈眩。撒韻低著頭摳了摳指甲，發現裡面有一些汙垢，心裡卻是又驚又喜。

　　母親的欣喜似乎感染了撒韻，撒韻也跟著高興起來，莫名興奮著，同時又有點憂慮，隱隱約約的，撕扯著心口的某個地方，憂慮什麼呢，也說不上來。

　　不久他們見了面，互相看了一眼，男方個子不高，臉圓敦敦的，一股老實憨厚的氣味。撒韻不敢仔細打量人家，只是感覺到那股憨厚很實在，不再猶豫，便點了頭。再過半年的時間，男方就依部落禮俗前來提親。就這樣，撒韻就嫁過去了，成了「嫁給母幹的女人」。

　　撒韻心裡胡思亂想，手腳其實一直沒有閒著，慢慢打掃著，一心一意地掃。撒韻明白撒韻的動作不能太張揚，

太過顯眼。清掃前撒韻將房門緊緊關上，然後小部分小部分地進行。床上的麻煩多一點，撒韻把新一點的床罩收起，準備放到櫃子頂部，床上只鋪上舊的，等一個月過後再換回來。撒韻把床的周圍角落都掃過一遍，清理得不留一絲塵灰。看著塵灰浮起，在半空騰飛，慢悠悠又落回原處，心裡一個個念頭也浮起來。開始模模糊糊的，慢慢就清晰起來。懷著這樣的念頭，撒韻心裡有些悲壯，悲壯中摻雜著點傷心。嫂子在院子叫喚小孩，聲音忽高忽低，喊了幾聲，就轉到門口來，靜悄悄地向裡望。撒韻低頭忙自己的，佯裝不知道。打掃是嫂子前幾日提及的，當然不是直接告訴撒韻的。平時和嫂子閒聊，撒韻留了心，是暗暗揣摩出來的。在她面前，嫂子喜歡細數自己生兩個孩子的經過。怎樣害喜了，沒日沒夜地吐黃水，一吐幾個月，差點連命也賠上了。生下來了，怎樣把屎把尿拉扯長大。總之，她這個女人當得辛苦，實在不容易啊。她在感嘆自己悲苦時，明裡暗裡影射出婆婆的不對來。嫂子說：當媳婦的受那麼多罪，婆婆能沒責任嗎？當然有，從某些地方來說婆婆的責任可大了。撒韻聽著嫂子不時傾訴，不時感嘆，有些事該往心裡放的就索性裝了進去。嫂子遠比自己當媳婦早，和婆婆相處的時間長，好多事情其實看得明白，也知道如何應對，而撒韻缺少的正是這些。

撒韻剛來的時候就被婆家的諸多規矩嚇住了。一家人沒分開過，老老少少算起一共十幾口人，與娘家大不相同。母親只有撒韻這個女兒，做什麼都由著撒韻的性子，一旦嫁到了婆家，撒韻覺得自己就像隻平日慣壞的牲口忽然被套上了束縛，做什麼都不自由了，什麼都得思前想後，怕人說笑話，怕公婆不高興。撒韻後悔過婚結得太早了，但這種無奈只能藏著，不能顯露出來，更不能說給婆家人聽。而嫂子的精明不但寫在臉上，還揣在心裡。

　　新婚第二天，撒韻老早就起床了，撒韻心想新媳婦就該如此，必須到處灑灑掃掃，向無數眼睛表明自己是個勤快能幹的媳婦，屋裡屋外那些眼睛都在盯著看呢。撒韻首先梳洗了一番，把自己的房間打掃乾淨，然後又去掃婆婆的。看看收拾乾淨了，再繫上陪嫁過來的圍裙，走進廚房。一個女人已經在裡面忙了。撒韻小心翼翼走進去，人家默不吭聲，卻只用雙眼睛把她從頭看到腳，又從腳看到頭。撒韻覺得尷尬，像渾身爬滿螞蟻一樣。怎麼這樣看人呢？撒韻有些生氣，對方似乎比撒韻更惱怒，但盯住撒韻看的眼睛是含著笑意的，笑咪咪地盯住剛來的撒韻。過一會兒時間，她扭過身想幫忙。撒韻隱隱聽見她從鼻子裡哼出一聲。撒韻感到困惑，想不出自己才剛來哪裡就得罪了這個瘦削女人。後來才搞清楚這就是嫂子，是這個家中廚

房裡真正掌理的女人。婆婆年紀大了，不再輕易下廚房，廚房裡的大小事務等於全交給嫂子來處理。漸漸地，撒韻才揣摩出其中的緣由來，那天人家是在跟自己示威啊。撒韻慢慢學會了處處忍讓，處處小心。嫂子在婆婆身邊熬了那麼多年，也該是站在婆婆的位置上使喚別人的時候了。撒韻這才真正明白，村裡那些嫁出去的女人為何總想跟公婆鬧著分家。撒韻也想分開過，這想法她沒有直接說給丈夫聽，而是迂迴著試探過一回，她知道這幾年是不可能分家的。公婆一連生了四個兒子，家底已經快用罄。娶嫂子欠的錢還沒還清，現在又負債娶了自己。老三老四出外打拚去了，眼看也已到娶老婆的年紀。公公為人老實，婆婆卻精明得很，持家的手腕高，把幾個兒子管得服服貼貼，對她是百般的敬畏。婆婆說，這個家現在不急著分，你們男人就盡量賺錢去，把一屁股爛帳先還上，給老三老四賺幾個娶媳婦的錢，我們到時再分。撒韻看得出來，婆婆的幾個兒子都厚道，都聽母親的話，便放下老婆孩子出門打拚去了。老三老四沒有家小，說走就走，老大老二就不一樣，明顯牽掛著自己的女人。撒韻是新媳婦，只在心裡不願意，人前人後一點都不敢有所怨言，在婆婆面前也盡量裝出一副笑臉。嫂子卻不同，咽不下這口氣，公婆面前不敢發作，便在做飯時把鍋鏟碗盤摔摔打打，弄得乒乓作

響，處處冒著一股怨氣。

日子久了，撒韻認清了事實，其實自己嫁來以前，嫂子的怨氣早就埋下了，自己卻渾然不覺，仍像在娘家時一樣地待人接物。撒韻性子柔弱，說話綿軟，從不會用話語套人。嫂子卻不是這樣，她的話表面上看起來合情合理，沒有破綻，但用心留意的話，會發現內含機心。

還是婆婆厲害，當然也看出其中的玄機來，便暗地裡指點撒韻，說人活著不要太老實。撒韻明白婆婆的意思，但撒韻不知道該怎麼做，要撒韻用同樣的心機處處算計別人，撒韻無論如何也做不出這樣的事。

這樣的結果就是家裡十幾口人的早晚三餐都攬在了撒韻身上，總是撒韻在切菜，在燉湯，在清洗鍋灶。撒韻頓時成了嫂子的小跟班，整天困在廚房裡，脫不了身。

嫂子雖為人精明，所幸還沒精明到刀槍不入的地步。她有個致命的缺點，就是話多，牢騷滿腹，對什麼都不滿意，有事沒事喜歡念叨個不停。言多必失，她一不留神，有些事的細微之處就泄了出來，加上撒韻留心注意，撒韻漸漸領悟了婆家的不少事，明白了媳婦要怎樣當才能討人喜歡。

嫂子說不少女人害喜喜歡當著人的面吐，不知道有多丟人，撒韻就揣摩出害喜時不能太顯露，得忍著藏著。事

實上，不用撒韻遮掩，這種事就悄然無聲地到來了。連一點跡象也沒有，撒韻就懷上了。要不是腰間難受，和丈夫偷偷到婦產科時檢查了出來，肚子大了撒韻還不知道呢。當醫生說有了，想吃什麼就吃吧，撒韻覺得驚喜，驚喜之餘，又感到遺憾，怎麼自己就不吐呢，一點吐的意思都沒有。婆婆說過，嫂子就吐，還故意當著一家老小，蹲在院子哇哇地乾嘔，一連十多天不能下廚做飯。一天吃兩個雞蛋，三天吃一次麻油雞，其他什麼就不想吃，吃進去就吐出來。只想吃雞蛋，吃香氣四溢的雞肉，吃了總算沒有吐出來。

　　撒韻從婆婆的神態裡看得出來，婆婆不喜歡這樣，這明擺著太張揚了。哪個女人沒有害過喜沒生過小孩，把自己當個誰了？這是婆婆的結論。撒韻就下定決心，自己到時一定安靜地跑到沒有人的地方吐，想吃什麼就忍忍，不用奢求過多。誰想得到，撒韻竟沒有害喜，不知不覺懷上已經三個月了。到四個多月時，就藏不住了，肚子挺起來了。嫂子眼睛銳利，早已看出來，卻不動聲色，裝做什麼也不知道，跟過去一樣挑肥揀瘦，苦的累的還是撒韻做得多。

　　嫂子說，吃酸的生兒子，吃辣生女兒，你現在喜歡吃什麼味道？

撒韻心裡猛然一驚。撒韻一直就愛吃辣的，想到辣味就嘴饞。

　　那你懷孕的時候呢？撒韻反問嫂子。

　　嫂子說就喜歡酸的，那時偏偏想吃青梅子。嫂子說著吞了一口口水，好像時至今日她嘴裡還留有酸味。撒韻也跟著分泌口水，心裡慌張著。嫂子一連生了兩個孩子，都是男的。嫂子能生兒子，命就顯得特別地好。與鄰居生了一到兩個女兒的婦女比，她已經是最大的贏家，早坐在風頭上，神態言語難免留露出內心的得意。這種得意讓撒韻心虛，撒韻認定自己懷的一定是女的，撒韻和嫂子懷孕時的跡象完全南轅北轍。撒韻不敢向別人說心事，不由得想到丈夫，他如果在，自己就不會這麼孤單了。

　　清掃完，撒韻坐靠床沿緩了一下，望著滿滿一畚箕塵土直納悶，居然掃了這麼多。心裡卻輕鬆下來，覺得踏實多了。洗完那堆衣物，就準備得差不多了。接下來的日子，是一心一意等待，等待孩子出世。差點忘了，撒韻還得放盆溫水，雖然已經洗過，撒韻還是決定再洗一遍。把自己洗得乾乾淨淨的，心裡才更加踏實。對撒韻而言，女人生小孩，就是一次神聖的體驗，母親說絕不能馬虎。

　　孩子出生前打掃清理，這些是從嫂子那裡聽來的。在她一次次取笑某個女人時，撒韻就明白了，如果一個女人

算得上勤快賢慧的話,生孩子前一定會把自己的一切收拾好。不過撒韻自己也有想法,是母親教給撒韻的。母親說你的床,你的被褥,與你有關的一切,只要是你到過的地方做過的事,全都在向人顯示,顯示你這個女人是個什麼樣的女人。

想到這裡,撒韻鼻子酸酸的,心裡一陣難受。大家常說做女人的命苦,這話確實不錯,女人真的命苦,生養小孩其實等於拿自己的命當賭注,男人付出的是體力和錢,女人只能付出自己的命。撒韻努力壓抑心裡的想法,撒韻覺得現在沒有必要想這麼多。撒韻還年輕得很,像新鮮的花朵一樣,可奇怪的想法一旦萌生,就壓制不住,火苗一樣往上竄。撒韻發現自己突然特別想念娘家,想老家前的龍眼樹,還有田邊水圳那清澈的水,那些彎彎曲曲的山稜,還有父母親。懷六個月時去過一次娘家,但這幾個月體重一直增加,一直想回去看看,苦於行動不便,就一直沒能去成。丈夫在就好了,他會用摩托車載撒韻去的。撒韻這才猛然發現,心裡還想著這個人。丈夫出門一個多月了,遠在外縣的工地,電話倒是偶爾打來幾次,都是公公婆婆接的。

撒韻打掃完的第二天肚子就開始有動靜了,洗過的被褥還沒有乾透,撒韻掙扎著將它們抱進屋內。肚子疼得一

陣又一陣，疼得像刀割。嫂子說過，女人生小孩，不能肚子一疼就亂嚷亂叫，驚動所有人，弄得全家上下都知道了，大家心驚肉跳看著你，乾著急卻幫不上忙，那種難為情的場面，還不如一個人靜靜地忍著，到了真正要生時，再喊人也不遲。撒韻肚子早就疼了，半夜起來上廁所時隱隱地疼，還忍得住，就身體蜷縮成一團，迷迷糊糊睡去。天亮就掃了客廳，掃了自己房間，然後和嫂子在廚房做飯。做的是稀飯配饅頭，別人吸溜吸溜吃得大聲響，撒韻肚子疼得嘴裡倒吸一口冷氣，一口也吃不下，也沒有想吃的欲望。忍過中午，人就走不動了，關上房門，乾脆坐在地上僵持著。

　　男人在家該多好。那個黝黑著一張臉的老實人，沒什麼大本事，幫忙壯膽總可以的，給婆婆傳個話總能做到的。可這個男人，一出去就把女人忘到九霄雲外去了，一點都不理解女人的苦楚。剛懷孕那陣子，他還興沖沖地說，到時我們到台北市去生，也學學那些有錢人，在大醫院做無痛分娩。撒韻只是笑，說台北我們就不去了，就在附近的婦產科診所生就好，花的錢也少。其實撒韻心裡還有別的意思沒說出來，撒韻想到去台北萬一生的是女兒，還不讓人說笑話，別人會怎麼想，生個女兒跑那麼遠的地方去，花一大筆錢，也太把自己當人看了。這樣的話不是

沒聽說過，嫂子不止一次取笑一個女鄰居。而婆婆，也曾說過這樣的事。

如此這般，撒韻就明白丈夫的話有多麼可笑，多麼不切實際。嫂子那麼好勝的人，兩個孩子都是在家裡生的，是婆婆請個接生婆在旁看著生的。嫂子尚且如此，撒韻就更不敢指望別的了。

現在，撒韻心裡在著急一件事，孩子的衣褲到現在還沒準備。在娘家時母親疼她，從不讓撒韻動織布機，加上生的是第一胎，撒韻想用族裡傳統服飾的顏色來自製襁褓，卻不知如何下手，衣褲倒可以到街上買。想去請教嫂子，又怕無故招來一頓恥笑，正為難時，嫂子與鄰家幾個女人閒聊時說起的一件事提醒了她。她們在取笑鎮上的一個新媳婦，說那媳婦生第一胎就衣呀褲呀鞋呀準備了一大堆，連尿布也整理好了。到時拿出來，婆婆臉色陰晴不定，說真娶了個明事理的媳婦，比多年生孩子的婆婆還懂得多，看來她這當婆婆的已經不中用了。

回想了半天，撒韻慢慢明白過來，撒韻就靜靜等著，裝做什麼都不懂的樣子，冷眼旁觀。從沒見婆婆上街，她心裡又有點空落落的，沉不住氣了。畢竟生孩子的是自己，婆婆如果沒準備，到時候孩子穿什麼，拿什麼包裹，不能都給耽誤了。等到快生了，婆婆聞聲趕來，手裡竟然

抱著一大袋衣物。排開在床上，小衣、小褲、小被子、尿布，一樣都沒少，還有給娃娃包裹的大紅布。撒韻立即忘了肚子裡的絞痛，倒是驚嘆於婆婆的不露聲色。

果然生的是個女兒，婆婆的聲音不高不低，察覺不出喜怒。慢慢地，撒韻感到腦袋變得沉重起來。雖然撒韻努力說服自己，男孩女孩都一樣，都是自己身上的一塊肉，可看到婆婆不慍不火的態度，撒韻心裡還是不由自主地感到一陣徹骨的冰涼，身體也像坐在冷水中，慢慢被冰涼浸透。嫂子進進出出忙活，顯現出異常的熱情，撒韻望著她走動的身影，安靜地閉上了眼。

門開了，婆婆端著雞湯進來了。怕驚動了孩子，躡手躡腳的。撒韻迅速爬起身，迎著婆婆。以前婆婆說過一件事，說她的大媳婦，也就是嫂子，坐月子的時候，婆婆耐心伺候她，每當把飯菜端到門口，往裡面看，嫂子坐在那裡，等婆婆推門進去，人卻躺下了，臉朝著牆壁，還發出很大的鼾聲。最後婆婆感嘆說我這個婆婆當的啊，其實卑賤得很。婆婆的感嘆裡含有許多委屈。撒韻第一次發現婆婆的內心也有傷疤，是生活留給她的傷疤，而婆婆是那麼精明的人。不等婆婆走近床前，她已經坐起來，上身微微曲著，雙手接著婆婆遞過來的碗。

孩子還沒起名字，聽嫂子說孩子一般都是去算命那裡

取的，要麼丈夫來取也可以。其實撒韻很想給孩子娶個族名，卻不知如何向公婆開口。已經十多天了，撒韻心裡終於沉不住氣了，有種被人遺棄無人過問的感覺。撒韻感覺到自己和孩子是被輕視了。嫂子說她的兩個孩子都是公公取的名字，公公怎麼遲遲不為他的小孫女取個名字呢？婆婆居然也不提這件事。撒韻猜不透公公婆婆的心思，就乾脆不再費神猜疑了。嫂子卻抓住不放，有時她會來坐坐，坐在牀邊逗逗孩子，打量著說眼睛像誰，鼻子像誰。這自然就提到了名字的事，說孩子還沒取名呢，眼看半個月了，孩子他爸真是太糊塗了，好歹也是陳家一口人，為什麼還不取呢。她生那兩個，孩子一落地，公公一天之內就取了名字。撒韻的淚水就在眼眶裡打轉，她明白心裡的委屈現在不能說，也不能對嫂子說。撒韻咬著牙強忍著傷心說，再等等吧，取名字的事是小事，有什麼好急的。

晚上的時候，撒韻再三地思來想去，發現自己有點小題大做了，只是微不足道的事，就等丈夫回來取名字吧，可不能上了嫂子的當，撒韻內心慢慢平和了下來。女兒總在睡，在肚子裡睡了那麼久了，竟然還沒睡夠。晚飯時刻醒來，兩眼惺忪望著屋內，望一會兒，接著餵奶，換尿布，就悄然睡去。第二天早晨，撒韻又睜著眼睛，望著某個地方。撒韻不去理會女兒，過一段時間再去看，不知什

麼時候她已經睡著。鼻子薄薄的，幾乎透明，那麼薄的鼻翼居然在打呼，一張一闔的，撒韻聽了偷偷地笑著。盯住孩子看的時候，撒韻的心會慢慢變得柔軟下來，撒韻真切地感到這一呼一吸與自己某個地方相連著，還沒有分開。

窗外是紅彤彤的夕陽，正暖烘烘地照著窗戶，窗簾拉得緊緊實實的。床邊上還掛了張大床單，整個房間就籠罩在一種朦朧又透著溫馨的氛圍下。女人坐月子，其實就是在圍得密不透風的床上乖乖坐上一個月。這一個月裡，不用灑掃，不用下廚，甚至不能讓風吹到。婆婆讓撒韻不要下床，安心坐好月子，撒韻就一心一意坐月子。坐月子真是一件幸福的事，再也不用天一亮就爬出被窩，不用在公公婆婆起來之前掃地洗衣做早飯。總之那是從早忙到黑，一點空閒也沒有。雖然家務都是累不死人的瑣碎，算不上苦，不過很熬人，綁住人的手腳，讓人總是在忙，卻忙不出什麼大道理。

女人一輩子可以歇緩的機會大概就是坐月子的這段時間。撒韻明白這機會來得不容易，就盡量不讓自己去想煩心的事。一直睡，陪著孩子睡，夜裡睡，白天也睡。撒韻想把一年多虧欠的瞌睡給補回來。當這一年多的媳婦當得真辛苦，撒韻想給自己好好的補償一回。

睡著時也總在做夢。夢裡，丈夫回來了，和撒韻在房

裡逗弄著女兒,一會兒說眼睛像撒韻,一會兒說耳朵像他。最後丈夫從後面抱住了撒韻,撒韻害羞得直想哭。丈夫嘴裡哈著氣,湊到撒韻耳邊說,不要難過,不要傷心,我們還年輕,慢慢來,一定會有兒子的。撒韻被逗笑了,笑著笑著就醒了,而女兒還在睡夢中。房裡靜悄悄的,窗外傳來孩子追逐的嬉鬧聲。撒韻翻起身,看著女兒可愛的睡相,看了一會兒,又躺下睡著了。撒韻已經給女兒取了名字,自己選的,撒韻在心裡悄悄喊著,是撒韻奶奶的名字。就叫谷辣斯吧,谷辣斯真是個讓人心疼的女孩。撒韻貼近女兒耳朵輕聲喊,谷辣斯!谷辣斯!……孩子睡得正酣,白皙的小胳膊露在外面,粉紅的小手緊緊攢著。

傍晚時分,母親來了,背簍裡有雞蛋和村裡種的蔬果,還有給孩子的幾件小衣小帽,上面都有象徵阿美族的圖騰,是縮小版的傳統服飾,紅白相間,很有喜氣。母親來時撒韻正在酣睡,耳邊有人窸窣言語,才慌張爬起來。撒韻不知道自己怎麼了,突然見到母親,心裡一酸難過得話也說不出來,小聲抽泣起來。這一路走下來,才明白做女人真的不容易,做母親也不容易。

母親站在床邊看著撒韻,只是笑。婆婆進來了,一眼看見了撒韻的眼淚,有些不好意思地說,哭什麼呢,家裡都把你當寶啊,你這樣子,叫親家母還以為我們怠慢媳婦

了。

撒韻把眼淚擦乾了，說良心話，婆婆對自己還不錯。每天三餐，親自做來讓自己吃，一餐也沒讓自己餓著。要不是坐月子，這輩子還真吃不到婆婆做的飯。不過撒韻還是覺得傷心，人真是奇怪，好不容易可以清閒地坐月子，竟然坐出滿腹的傷感來，好像受了難以訴說的委屈一樣。

現在的年輕人太享福了，我們那個時代，坐月子哪裡是這樣，不用等一個月坐滿，就下地做農事了！哪像現在的媳婦，好命多了。婆婆和母親你一言我一語說著，感嘆著，唏噓著。婆婆還不時用眼睛餘光掃一下床上，撒韻看明白了，她這是在說自己身在福中不知福。

撒韻無聲地笑了，當了一年多的媳婦，撒韻慢慢學會沉默、忍受，生活裡的滋味只有身為女人才能真正明白。

抱著綿軟的女兒，撒韻覺得還是當女人好，尤其是坐月子這時刻，一個月就把人坐得遠離一切勞累、一切煩惱，整個人變得慵慵懶懶的，心裡卻踏實得很。女兒睡在身旁，就像整個世界都在身邊了。外面的世界都不用去想，不必去操煩，一心想著女兒就已足夠。過去的自己只要天一黑心裡就慌，空蕩蕩的把什麼丟掉似地，感覺心裡缺了一大塊什麼，什麼也彌補不了。男人幾個月回不了家，偶爾才回來，被窩都還沒暖夠，就又走了。撒韻盯著

空落落的被窩走神，一次次回味他在時的情景，回味出滿肚子酸澀以及傷感來。有些怨他，但又有點思念他，甚至想過他這樣還不如別回家，回來又走了，惹得人好不容易平靜下來的心重又騰飛起來，輕飄飄地浮在半空中，怎樣也落不到實處。

　　有了女兒，回頭思量之前的時光，感覺那些空虛地像夢一樣遙遠。看來自己堅持生孩子是對的。丈夫開始並不贊同，他豪氣地向撒韻誇口說等自己賺一大筆錢了，就把她也帶到外面的世界去逛一回，如今有了孩子肯定不好帶，是個拖累。男人說得正經八百，撒韻一次次想著他的空話，他還真是個傻瓜啊，撒韻卻還是情不自禁地想起他的可愛之處來。

　　撒韻留不下自己的男人，像這裡的許多女人一樣，她們留不住男人，但一家人還得往下過日子，柴米油鹽的生活得一天一天打理。男人便毅然決然起身離開溫暖的被窩，離開被窩裡含著眼淚的女人。男人無論如何是留不住的，留下就要吃苦。孩子會留下，看著身邊自己生的兒女，就像留住了男人的身影，看著孩子的時候，心裡那些空缺便悄然彌合了。撒韻已經向所有的女人看齊，喜歡一個人嘮嘮叨叨，話說個不停了。說些尿布奶粉瑣瑣碎碎的事。撒韻還喜歡和嫂子談論家務事，全圍繞著孩子說。撒

韻甚至暗自擔憂女兒的眼睛太小,長大後不好看,擔心她會抱怨做母親的把她生得如此難看。

　　撒韻在天黑時聽見雨聲了。婆婆進來送飯,門哐噹一響,她驚醒過來,發現自己這一覺睡到了天黑。下雨了,婆婆說。婆婆的聲音裡含有欣喜的味道。從她的語氣裡,撒韻想到今年的春耕,一定會很順利。一場大雨,是大地的甘霖,想想都是讓人高興的事,她想到村裡的父母,大概也快開始農忙了。等婆婆出去,撒韻雀躍地跳下床,鞋子也不穿,趴在窗前看雨。

　　雨下得很大,一陣連著一陣,一滴壓著一滴,前呼後擁地從天空的深處往下掉。等雨滴飄到半空中時,它們好像又不情願落向地面,躊躇著,徘徊著,又有點無可奈何地落到了實處。雨水飄落的景象,多麼像女人出嫁,隨著所有人的牽引,她們飄落到未知的陌生人家,汗水伴著淚水,與泥土化為一片,最終將自己慢慢融入,匯合,艱難地開始另一番生活。

國家圖書館出版品預行編目（CIP）資料

伊萬的跡躪：卓璽的11篇小說/卓璽著. -- 初版.
-- 臺中市：晨星出版有限公司, 2025.01
　面；　公分. -- (台灣原住民；73)

ISBN 978-626-320-989-3（平裝）

863.857　　　　　　　　　　　　　113016529

線上讀者回函，
加入馬上有好康。

台灣原住民 73
伊萬的跡躪：卓璽的 11 篇小說

作　　　者	卓璽
本書策畫・導讀	瓦歷斯・諾幹
主　　編	徐惠雅
執行主編	胡文青
校　　對	卓璽、胡文青、莊文松
美術編輯	黃偵瑜
封面設計	陳正桓

創 辦 人	陳銘民
發 行 所	晨星出版有限公司 台中市 407 工業區 30 路 1 號 TEL：04-23595820　FAX：04-23597123 https://star.morningstar.com.tw 行政院新聞局版台業字第 2500 號
法律顧問	陳思成律師
初　　版	西元 2025 年 01 月 05 日

讀者專線	TEL：(02) 23672044 / (04) 23595819#212 FAX：(02) 23635741 / (04) 23595493 service@morningstar.com.tw
網路書店	https://www.morningstar.com.tw
郵政劃撥	15060393（知己圖書股份有限公司）
印　　刷	上好印刷股份有限公司

定價 390 元
（如有缺頁或破損，請寄回更換）
ISBN：978-626-320-989-3
Published by Morning Star Publishing Inc.
Printed in Taiwan
版權所有・翻印必究